民国国学文库

MIN GUO GUO XUE WEN KU

王安石文

WANG AN SHI WEN

褚东郊　选注

万　婵　校订

长江出版传媒｜崇文书局

图书在版编目(CIP)数据

王安石文/褚东郊选注;万婵校订. —武汉:崇文书局,
2014.8(2023.1重印)

(民国国学文库)

ISBN 978-7-5403-3454-3

Ⅰ.①王… Ⅱ.①褚… ②万… Ⅲ.①古典散文－散文集－中国－
北宋 Ⅳ.①I264.41

中国版本图书馆 CIP 数据核字(2014)第 141389 号

民国国学文库 王安石文

MINGUO GUOXUE WENKU WANG ANSHI WEN

出版发行:崇文书局

地　　址:武汉市雄楚大街 268 号 C 座 11 层

印　　刷:湖北画中画印刷有限公司

开　　本:880mm×1230mm　1/32

印　　张:7.5

版　　次:2014 年 8 月第 1 版

印　　次:2023 年 1 月第 2 次印刷

定　　价:39.80 元

总　序

冯天瑜

　　作为汉字古典词，"国学"本谓周朝设于王城及诸侯国都的贵族学校，以与地方性、基层性的"乡校""私学"相对应。隋唐以降实行科举制，朝廷设"国子监"，又称"国子学"，简称"国学"，有朝廷主持的国家学术之意。

　　时至近代，随着西学东渐的展开，与来自西洋的"西学"相比配，在汉字文化圈又有特指本国固有学术文化的"国学"一名出现。如江户幕府时期（1601—1867）的日本人，自18世纪起，把流行的学问归为三类：汉学（从中国传入）、兰学（从欧美传入，19世纪扩称洋学）、国学（从《古事记》《日本书纪》发展而来的日本固有学术）。19世纪末、20世纪初，中国留日学生与入日政治流亡者，以及活动于上海等地的学人，采借日本已经沿用百余年的"国学"一名，用指中国固有的学术文化。1902年梁启超（1873—1929）撰文，以"国学"与"外学"对应，强调二者的互动共济，梁氏曰："今日欲使外学之真精神普及于祖国，则当转输之任者，必邃于国学，然后能收其效。"（《论中国学术思想变迁之大势》）1905年国粹派在上海创办《国粹学报》，公示"发明国学，保存国粹"宗旨。这里的"国学"意为"国粹之学"。该刊发表章太炎（1869—1936）、刘师培（1884—1920）、陈去病（1874—1933）等人的经学、史学、诸子学、文字训诂方面文章，以资激励汉人的民族精神与文化自信。从此，中国人开始在"中国固有学术文化"意义上使用"国学"一词，为"国故之学"的简称。所谓"国故"，指中国传统的学术文化之故实，此前清人多有用例，如魏源（1794—1857）认为，学者不应迷恋词章，学问要从"讨朝章、讨国故始"（《圣武记》卷一一），这"讨国故"的学问，也就是后来所谓之国学。

经清末民初诸学者（章太炎、梁启超、罗振玉、王国维、刘师培、黄侃、陈寅恪等）阐发和研究，国学所涉领域大定为：小学、经学、史学、诸子、文学，约与现代人文学的文、史、哲相当而又加以综汇，突现了中国固有学术整体性特征，可与现代学校的分科教学相得益彰、彼此促进，故自20世纪初叶以来，"国学"在中国于起伏跌宕间运行百年，多以偏师出现，而时下又恰逢勃兴之际。

中国学术素有"文、史、哲不分家"的传统，中国学术的优势与缺陷皆与此传统相关。百年来的中国学校教育仿效近代西方学术体制，高度分科化，利弊互见。其利是促进分科之学的发展，其弊是强为分割知识。为克服破碎大道之弊，有人主张打通文、史、哲壁垒，于是便有综汇中国人文学的"国学"之创设，并编纂教材，进于学校教育、家庭教育、社会教育，其先导性教材结集，为20世纪20年代至30年代原商务印书馆由王云五策划并担任主编的《万有文库》之子系《学生国学文库》。所收均为四部重要著作。略举大凡：经部如诗、礼、春秋，史部如史、汉、五代，子部如庄、孟、荀、韩，并皆刊入；文辞则上溯汉、魏，下迄近代，诗歌则陶、谢、李、杜，均有单本，词则多采五代、两宋。丛书凡60册，已然囊括了"国学"之精粹。其鲜明之特色是选注者掺入了对原著的体味，经史诸书选辑各篇，以表见其书、其作家之思想精神、文学技术、历史脉络者为准。其无关宏旨者，概从删削、剔抉。选注者中不乏叶圣陶、茅盾、邹韬奋、傅东华这样的学界翘楚。他们对传统国学了然于胸，于选注自然是举重若轻，驾轻就熟。这样一份业经选注者消化、反刍的国学精神食粮自然更便于国学入门者吸收。

这样一套曾在20世纪初在传播传统文化、普及国学知识方面起到重要作用的丛书即便今天来看也是历久弥新。崇文书局因应时势，邀约深谙国学之行家里手于原辑适当删减、合并、校勘，以30册300余万言，易名《民国国学文库》呈献当今学子。诸书均分段落，作标点，繁难字加注音，以便省览。诸书原均有注释，古籍异释纷如，原已采其较长者，现做适当取舍、增删。诸书较为繁难、多音多义之字，均注现代汉语拼音，以便讽诵。诸书卷首，均有选注者序，述作者生平、本书概要、参考书举要等，凡所以示读者研究门径者，不厌其详，现一仍其旧。

这样一套入门的国学读物，读者苟能熟读而较之，冥默而求之，国学之精要自然神会。

是为序。

校订说明

丛书原名《学生国学文库》，为20世纪二三十年代商务印书馆王云五主编《万有文库》之子系，为突显其时代印记现易名为《民国国学文库》，奉献给广大国学爱好者。

原丛书共60种，考虑到难易程度、四部平衡、篇幅等因素，在广泛征求专家意见基础上，现删减为34种30册，基本保留了原书的篇章结构。因应时势有极少量的删节。

原文部分，均选用通用、权威版本全文校核，参以校订者己见做了必要的校核和改订。为阅读的通顺、便利，未一一标注版本出处。

注释根据原文的结构分别采用段后注、文后注，以便读者省览。原注作了适当增删，基本上保持原文字风格，之乎者也等虚词适当剔除，增删力求通畅、易懂，避免枝蔓。典实、注引做了力所能及的查证，但因才学有限疏漏可能在所难免。

原书为繁体竖排，现转简体横排。简化按通行规则，但考虑到作为国学读物，普及小学知识亦在情理之中，故而保留了少量通假字、繁体字、异体字，一般都出注说明，或许亦可增加读者的阅读兴趣和扩大知识面。

生僻、多音字作相应注音，原反切、同音、魏妥玛注音，均统一改现代汉语拼音。

国学读物校订，工作浩繁，往往顾此失彼，多有不当处，还望读者指正。

丛书校订工作由余欣然统筹。

绪　　言

　　宋太祖鉴于唐代藩镇之跋扈，置转运使以掌地方之军需粮饷，又命文人以通判府州军事，凡可以集权中央者无不用其极。结果，藩镇之祸除，而国势日弱，外患不能御。真宗时之辽，仁宗时之西夏，迭扰边疆，岁糜巨帑。当是时朝廷上下，议战议和，图目前一时之苟安者有之，能具远大之见识，用精密之考察，通盘筹画，以谋国是者，王安石一人而已。惜当时在朝贤俊，墨守旧法，拘于成见，不肯和衷共济，对于安石所倡行之新法，抨击甚力。独木支大厦，识者早已知其难矣。是岂安石之不幸，抑亦宋朝之不幸也。本编所选注之安石散文八十五篇，不仅文学上之造诣足以上追韩、柳，即其卓绝之政见、特殊之个性，亦皆隐括无遗。今摄其平生事迹与新法之大略，缀而序之，以为读本编者之一助。

王安石之生平事迹

　　王安石，字介甫，抚州临川人。少好读书，一过目终身不忘，其属文动笔如飞，初若不经意，既成，见者皆服其精妙。与南丰曾子固巩相友善。子固携其文示欧阳修。修为之延誉，擢进士上第，签书淮南判官。旧制，秩满许献文求试馆职，安石独否。调知鄞县。安石在鄞，起堤堰，决陂塘，为水陆之利；又贷谷与民，约期立息以偿，俾新陈相易。邑人便之。既而通判舒州。文彦博为相，荐安石恬退，乞不次进用，以激奔竞之风。寻召试馆职，不就。欧阳修荐为谏官，以祖母年高辞。修以其须禄养，言于朝，为群牧判官，请知常州，移提点江东刑狱，入为度支判官，俄直集贤院，时仁宗嘉祐三年也。安石既入朝，鉴于财用之匮乏，边疆之败坏，官治之因循，人才之缺少，即有变法之意，上书言事，洋洋万言，传诵一时。其后安石当国，所施行者，大抵皆祖此书。

先是馆阁之命屡下，安石屡辞。士大夫谓其无意于世，恨不识其面。朝廷每欲俾以美官，患其不就。四年，命同修起居注，安石辞之累日。吏随而拜之则避于厕。吏置敕于案而去，又追还之。上章至八九，乃受。遂知制诰，纠察在京刑狱。后以母忧去官。终英宗之世，不起。

安石与韩绛、韩维兄弟及吕公著三人相友善。神宗在藩邸时，维为记室。每讲说见称，维辄曰："此非维之说，维友王安石之说也。"及为太子庶子，又荐以自代。神宗由是想见其人。甫即位，即命安石知江宁府。数月，召为翰林学士兼侍讲。熙宁二年二月，拜安石为参知政事。于是设三司条例司，兴农田水利，行青苗、均输、保甲、市易、保马、方田诸法，遣提举官四十余辈颁行天下。朝臣多反对之。七年春，罢安石为观文殿大学士知江宁府。八年复拜为相，九年复罢。哲宗元祐元年卒，年六十八。

王安石之政治计画

中国帝王为保持一家之王位计，多重文轻武，以弱人民。浸至外祸日逼，无法抵御。而以有宋一代为尤甚。宋于开国之初，燕云十六州之地，即未完全收入版图。再传至真宗，即有契丹入寇，澶州之盟。仁宗之时，西夏强盛，连年扰边。安石生当其时，目击心伤，思有以挽救之。于《上仁宗皇帝言事书》中，力言武事之不可偏废。其言曰：

> 先王之时，士之所学者，文武之道也。士之才，有可以为公卿大夫，有可以为士。其才之大小、宜不宜则有矣。至于武事，则随其才之大小，未有不学者也。故其大者，居则为六官之卿，出则为六军之将也。其次则比、闾、族、党之师，亦皆卒、伍、师、旅之帅也。故边疆、宿卫，皆得士大夫为之，而小人不得奸其任。今之学者，以为文武异事，吾知治文事而已，至于边疆、宿卫之任，则推而属之于卒伍。往往天下奸悍无赖之人，苟其才行足自托于乡里者，亦未有肯去亲戚而从召募者也。边疆、宿卫，此乃天下之重任，而人主之所当慎重者也。故古者教士，以射、御为急，其他技能，则视其人才之所宜而后教之。其才之所不能，则不强也。至于射，则为男子之事。人之生，有疾则已；苟无疾，未有去射而不学者也。有庠序之间，固当从事于射也。有宾客之事则以射；有祭祀之事则以射。别士之行同、能偶则以射。于礼乐之事，未尝不寓以射，而射亦未尝不在于礼乐、祭祀

之间也。《易》曰："弧矢之利，以威天下。"先王岂以射为可以习揖让之仪而已乎？固以为射者，武事之尤大，而威天下、守国家之具也。居则以是习礼乐，出则以是从战伐。士既朝夕从事于此，而能者众，则边疆、宿卫之任，皆可以择而取也。夫士尝学先王之道，其行义尝见推于乡党矣，然后因其才而托之以边疆、宿卫之事，此古之人君所以推干戈以属之人，而无内外之虞也。今乃以夫天下之重任，人主所当至慎之选，推而属之奸悍无赖，才行不足自托于乡里之人，此方今所以謵謵然常抱边疆之忧，而宿卫之不足恃以为安也。今孰不知边疆、宿卫之士，不足恃以为安哉？顾以为天下学士，以执兵为耻，而亦未有能骑射、行阵之事者，则非召募之卒伍，孰能任其事者乎？

安石对于武事之意见既如此，及当国，即以保甲、保马二法，实行其寓兵于民之政策。

〔保甲〕籍乡村之民，二丁取一。十家为保，有保长。五十家为大保，有大保长。十大保为都保，都保有正副。保丁皆授以弓弩，教之战阵。

〔保马〕马为战阵必需之物。宋仍唐制，有马市，以金帛茶等物易西北诸胡之马。安石谋马之蕃衍，行保马法。凡愿养马者，户一匹，或以监牧中现有之马给之，或官与以值，使自市马养之。每岁阅其肥瘠，死病者责令补偿。

兵既强矣，当谋富国，安石富国之计画如何？曰重在整理财政，不重在增加赋税；重在补助生产，不重在横征暴敛。其《上仁宗皇帝言事书》中所谓：

> 今天下不见兵革之具，而元元安土乐业，人致己力，以
> 生天下之财。然而公私常以困穷为患者，殆以理财未得其道，
> 而有司不能度世之宜而通其变耳。

与熙宁新法中之均输、方田二法，皆重在整理固有之财政者
也。

〔均输〕宋太宗置江淮水陆发运于京师，漕运米粟。后
兼领荆湖两浙诸路，或兼知制茶盐，或兼制置矾税。安石因
以发运之职，改为均输，假以钱货，凡籴买税敛上供之物，
皆得徙贵就贱，用兵易远。预知在京仓库所当办者，得以从
便变易蓄买，以待上令。

〔方田〕以东西南北各千步，当四十一顷六十六亩一百
六十步为一方。岁以九月，今佐分地，计量，验地土肥瘠，
定其色号，分为五等。以地之等，均定税数。

其《与马运判书》中所谓：

> 尝以谓方今之所以穷空，不独费出之无节，又失所以生
> 财之道故也。富其家者，资之国；富其国者，资之天下；欲
> 富天下，则资之天地。

与熙宁新法中之青苗、市易二法，皆重在补助人民之生产者
也。

〔青苗〕以常平籴本作青苗钱，散与人户，纳时令出息
二分正月散而夏敛，五月散而秋敛。

〔市易〕置市易省于市使购市所不卖之物于官，或与官

物交换。又以资贷商人，以田宅或金帛为抵，当出息十分之二，过期不输，息外更加罚钱。

有善法而无相当之人才以奉行之，则法之效仍不见。安石于未变法之前，即已有见及此，故极力主张用人惟贤，反对科举之以言取士而不重实学。其《上仁宗皇帝言事书》，曾再三申述此意。

> 朝廷每一令下，其意虽善，在位者犹不能推行，使膏泽加于民；而吏辄缘之为奸，以扰百姓……夫人才不足，则陛下虽欲改易更革天下之事，以合先王之意，大臣虽有能当陛下之意，而欲领此者，九州之大，四海之远，孰能称陛下之旨，以一二推行此，而人人蒙其施者乎？……

> 方今取士，强记博诵而略通于文辞，谓之茂才、异等、贤良方正。茂才、异等、贤良方正者，公卿之选也。记不必强，诵不必博，略通于文辞，而又尝学诗赋，则谓之进士。进士之高者，亦公卿之选也。夫此二科所得之技能，不足以为公卿，不待论而后可知。而世之议者，乃以为吾常以此取天下之士，而才之可以为公卿者，常出于此，不必法古之取人而后得士也。其亦蔽于理矣。先王之时，尽所以取人之道，犹惧贤者之难进而不肖者之杂于其间也。今悉废先王所以取士之道，而驱天下之才士，悉使为贤良、进士，则士之才可以为公卿者，固宜为贤良、进士，而贤良、进士亦固宜有时而得才之可以为公卿者也。然而不肖者，苟能雕虫篆刻之学，以此进至乎公卿；才之可以为公卿者，困于无补之学，而以此绌死于岩野，盖十八九矣。

科举不仅不能得人才，且其所谓"以言取士"者，亦漫无一定之标准，而以有司之好恶为进退。启士人侥幸之心，堕志士奋发之气，莫此为甚。《进说》一文，曾慨乎言之，今节录如下：

> 古之时，士之在下者无求于上；上之人，日汲汲惟恐一士之失也。古者士之进，有以德，有以才，有以言，有以曲艺。今徒不然，自茂才等而下之。至于明法，其进退之皆有法度。古之所谓德者、才者，无以为也。古之所谓言者，又未必应今之法度也。诚有豪杰不世出之士，不自进乎此，上之人弗举也。诚进乎此，而不应今之法度，有司弗取也……士之进退，不惟其德与才，而惟今之法度。而有司之好恶，未必今之法度也。是士之进，不惟今之法度，而几在有司之好恶耳。今之有司，非昔之有司也。后之有司，又非今之有司也。有司之好恶岂常哉？是士之进退，果卒无所必而已矣。噫！以言取人，未之失也；取焉而又不得其所谓言，是失之失也！况又重以有司好恶之不可常哉？古之道，其卒不可以见乎士也！

由科举而得之士，既如此不可恃，当以何术救济之？曰验之以实事而已。《论馆职劄子》中，安石曾拟有一种具体的办法，可为举一反三之例。

> 臣愿陛下察举众人所谓材良而行美，可以为公卿者，召令三馆祗候，虽已带馆职，亦可令兼祗候。事有当论议者，召至中书，或召至禁中，令具条奏是非利害，及所当设施之

方。及察其才可以备任使者，有四方之事，则令往相视问察，而又或令参覆其所言是非利害。其所言是非利害，虽不尽中义理可施用，然其于相视问察能详尽而不为蔽欺者，即皆可以备任使之才也。其有经术者，又令讲说。如此至于数四，则材否略见，然后罢其否者而召其材者，更亲访问以事。访问以事，非一事而后可以知其人之实也，必至于期年，所访一二十事，则其人之贤不肖审矣。然后随其材之所宜任使。其尤材良行美可与谋者，虽尝令备访问可也。

王安石之个性

王安石当群疑众谤，孤立无助之秋，能力排大难，独行己见而无恐者，果何所恃而然邪？曰有特殊之个性而已。今试从本编所选诸文中，就其言论主张以研究其个性，如何？

（一）正直　吾人试读《答孙元规大资书》，觉其不亢不卑，于婉转之言语中，寓正直之态度。不畏巨室，可谓强项县令矣。再读《答段缝书》，觉其一方面为曾巩辩白，一方面承认曾巩避兄而舍及己所以不用文字规戒之故，不偏不倚，令对方无从置喙。

（二）强毅　《游褒禅山记》曰："夫夷以近，则游者众；险以远，则至者少。而世之奇伟、瑰怪、非常之观，常在于险远，而人之所罕至焉。故非有志者，不能至也。有志矣，不随以止也，然力不足者，亦不能至也。有志与力，而又不随以怠，至于幽暗、昏惑，而无物以相之，亦不能至也。然力足以至焉而不至，于人为可讥，而在己为有悔。尽吾志也，而不能至者，可以无悔矣。其孰能讥之乎？此予之所得也。"安石明知新法之难行，而卒毅然以行之者，殆亦所谓尽吾志也，而不能至者，可以无悔矣。

（三）尽责　安石行事，不肯苟且，责任心甚重。知鄞县时之兴农田水利，行青苗法；由提点江东刑狱入为度支判官时之敢缘使事所及，冒言天下大事，皆其例也。而《答司马谏议书》中之"今君实所以见教者，以侵官、生事、征利、拒谏，以致天下怨谤也。某则以谓，受命于人主，议法度而修之于朝廷，以受之于有司，不为侵官；举先王之政，以兴利除弊，不为生事；为天下理财，不为征利；辟邪说，难壬人，不为拒谏。至于怨诽之多，则固前知其如此也。人习于苟且非一日，士大夫多以不恤国事，同俗自媚于众为善。上乃欲变此，而某不量敌之众寡，欲出力助上以抗之，则众何为而不汹汹然。"尤足以表明安石责任心之所在。

以上仅就安石之生平、政见及个性略述之，至其文学上之造诣，足以上追韩、柳，下方欧、苏，前贤早有定论。读者苟能熟读而较之，冥默而求之，自能神会，兹不赘。

褚东郊序于上海

1927 年 1 月 26 日

目　　录

上仁宗皇帝言事书①

臣愚不肖，蒙恩备使一路②。今又蒙恩召还阙廷③，有所任属，而当以使事归报陛下④。不自知其无以称职，而敢缘⑤使事之所及，冒言天下之事，伏惟陛下详思而择其中，幸甚！

----

①宋仁宗嘉祐三年（1058），王安石为度支判官，概然有矫世变俗之志，因上是书。仁宗，名祯，真宗之子，赵宋之第四君也。②路：为行政区域之名。宋时分中国为路，犹今之分省。蒙恩备使一路：安石自知常州，移提点江东刑狱之谓也。　③蒙恩召还阙廷：召安石入为度支判官之谓也。　④陛下：天子之称。古时天子必有近臣，执兵立陛侧，以戒不虞。人臣与天子言，不敢指斥，故呼在陛下者而告之，因卑达尊之意。　⑤缘：因也。

臣窃观陛下有恭俭之德，有聪明睿智①之才；夙兴夜寐②，无一日之懈；声色、狗马、观游、玩好之事，无纤介③之蔽；而仁民、爱物之意，孚④于天下；而又公选天下之所愿以为辅相者，属之以事，而不贰于谗邪倾巧之臣，此虽二帝、三王⑤之用心，不过如此而已。宜其家给人足，天下大治，而效不至于此，顾内则不能无以社稷为忧，外则不能无惧于夷狄，天下之财力日以困穷，而风俗日以衰坏，四方有志之士，諰諰然⑥常恐天下之久不安，此其故何也？患在不知法度故也。

----

①睿：深明也，通也。《书》："睿作圣。"后人因颂扬人主曰"睿"。　　②夙：早也。夙兴夜寐：言勤政。　　③纤介：犹言微末。介：与"芥"同。　　④孚：信也。　　⑤二帝：谓尧舜。三王：谓夏禹、商汤、周文武，皆古之圣人也。⑥諰（xǐ）諰然：畏惧貌。

今朝廷法严令具，无所不有，而臣以谓无法度者，何哉？方今之法度，多不合乎先王之政故也。孟子①曰："有仁心仁闻，而泽②不加于百姓者，为政不法于先王之道故也。"③以孟子之说，观方今之失，正在于此而已。夫以今之世，去先王之世远，所遭之变，所遇之势不一，而欲一二修先王之政，虽甚愚者，犹知其难也。然臣以谓今之失，患在不法先王之政者，以谓当法其意而已。夫二帝、三王，相去盖千有余载。一治一乱，其盛衰之时具矣。其所遭之变，所遇之势，亦各不同，其施设之方亦皆殊。而其为天下国家之意，本末先后，未尝不同也。臣故曰："当法其意而已。"法其意，则吾所改易更革，不至乎倾骇④天下之耳目，嚣⑤天下之口，而固已合乎先王之政矣。

----

①孟子：名轲。战国时邹人。受学于子思之弟子，其说尊王贱霸，重仁义，轻功利，创性善之说。　　②泽：恩德之及于人者。　　③语出《孟子·离娄》。　　④倾骇：犹言"惊骇"。⑤嚣：喧哗。

虽然，以方今之势揆①之，陛下虽欲改易更革天下之事，合于先王之意，其势必不能也。陛下有恭俭之德，有聪明、睿智之才，有仁民、爱物之意，诚加之意，则何为而不成，何欲而不得？然而臣顾以谓陛下虽欲改易更革天下之事，合于先王之意，其势必不能者，何也？以方今天下之人才不足故也。

臣尝试窃观天下在位之人，未有乏于此时者也。夫人才乏于上，则有沉废②伏匿在下，而不为当时所知者矣。臣又求之于闾巷、草野之间，而亦未见其多焉。岂非陶冶③而成之者，非其道而然乎？臣以谓方今在位之人才不足者，以臣使事之所及则可知矣。今以一路数千里之间，能推行朝廷之法令，知其所缓急，而一切能使民以修其职事者甚少；而不才、苟简、贪鄙之人，至不可胜数；其能讲先王之意，以合当时之变者，盖阖④郡之间，往往而绝也。朝廷每一令下，其意虽善，在位者犹不能推行，使膏泽加于民；而吏辄缘之为奸，以扰百姓。臣故曰："在位之人才不足，而草野、闾巷之间，亦未见其多也。"夫人才不足，则陛下虽欲改易更革天下之事，以合先王之意，大臣虽有能当陛下之意，而欲领此者，九州之大，四海之远，孰能称陛下之旨⑤，以一二推行此，而人人蒙其施者乎？臣故曰："其势必未能也。"孟子曰，"徒法不能以自行"，非此之谓乎？

- -

①揆：度也。　②沉废：意谓杰出人才埋没在下层，不被重用。　③陶冶：本意为制瓦器铸金器也，借用为化育裁成之义。　④阖：总也，合也。　⑤称陛下之旨：意谓照皇帝的意旨施行。

然则方今之急，在于人才而已。诚能使天下之才众多，然后在位之才可以择其人而取足焉。在位者得其才矣，然后稍视时势之可否，而因人情之患苦，变更天下之弊法，以趋先王之意，甚易也。今之天下，亦先王之天下。先王之时，人才尝众矣，何至于今而独不足乎？故曰："陶冶而成之者，非其道故也。"

商①之时，天下尝大乱矣。在位贪毒祸败，皆非其人。及文王②之起，而天下之才尝少矣。当是时，文王能陶冶天下之士，而使之皆有士君子之才，然后随其才之所有而官使之。《诗》曰③"岂弟④君子，遐不作人⑤"，此之谓也。及其成也，微贱兔罝⑥之人，犹莫不好德，《兔罝》⑦之诗是也。又况于在位之人乎？夫文王惟能如此，故以征则服，以守则治。《诗》曰："奉璋峨峨，髦士攸宜。"⑧又曰："周王于迈，六师及之。"⑨言文王所用，文武各得其才而无废事也。及至夷、厉⑩之乱，天下之才，又尝少矣。至宣王⑪之起，所与图天下之事者，仲山甫⑫而已。故诗人叹之曰："德辐如毛，维仲山甫举之，爱莫助之。"⑬盖闵⑭人士之少，而山甫之无助也。宣王能用仲山甫，推其类以新美天下之士，而后人才复众。于是内修政事，外讨不庭⑮，而复有文、武⑯之境土。故诗人美之曰："薄言采芑，于彼新田，于此菑亩。"⑰言宣王能新美天下之士，使之有可用之才，如农夫新美其田，而使之有可采之芑也。由此观之，人之才未尝不自人主陶冶而成之者也。

----

①商：朝代名。成汤代夏有天下，国号商。　②文王：姓姬，名昌，殷之诸侯。　③《诗》：即《诗经》。本为里巷歌谣与朝庙乐章，古凡三千篇，孔子删为三百十五篇，分国风、小雅、大雅、颂四体。　④岂弟：和易也。　⑤遐不作人：作起人才，不遗遐远之谓也。　⑥罝（jū）：捉兔子的网。⑦《兔罝》：《诗·国风》之一篇。此诗言猎兔之人，犹知好德。　⑧语出《大雅·棫朴》。奉璋：臣下朝见国君时所捧的玉器。峨峨：高峻貌。髦士：俊士。攸：语助词。　⑨周王：文王也。迈：往也。二千五百人为师。及：与也。　⑩夷：周夷王，姓姬，名燮。厉：周厉王，姓姬，名胡。　⑪宣王：周宣王，姓姬，名靖。　⑫仲山甫：即周之樊侯，宣王时为卿

士，辅佐中兴。　　⑬辍：轻也。句谓人皆言德甚轻而易举，然人莫举之，举之者惟仲山甫耳。我心诚爱之，而恨不能有以助之也。　　⑭闵：怜也。　　⑮不庭：不朝于王庭的异邦。⑯武：周武王，姓姬，名发。　　⑰薄言：发语辞。芑：菜名。菑亩：已垦一年之田。

　　所谓陶冶而成之者何也？亦教之，养之，取之，任之，有其道而已。

　　所谓教之之道何也？古者天子诸侯，自国至于乡党①皆有学②，博置教导之官而严其选。朝廷礼乐、刑政之事，皆在于学。士所观而习者，皆先王之法言德行，治天下之意。其材亦可以为天下国家之用。苟不可以为天下国家之用，则不教也。苟可以为天下国家之用者，则无不在于学。此教之之道也。

----

　　①乡党：五家为邻，五邻为里，五里为族，五族为党，五党为州，五州为乡。　　②学：学校。

　　所谓养之之道何也？饶①之以财，约之以礼，裁之以法也。何谓饶之以财？人之情，不足于财则贪鄙苟得，无所不至。先王知其如此，故其制禄，自庶人②之在官者，其禄已足以代其耕矣。由此等而上之，每有加焉，使其足以养廉耻，而离于贪鄙之行。犹以为未也，又推其禄以及其子孙，谓之世禄。使其生也，既于父子、兄弟、妻子之养，婚姻、朋友之接，皆无憾③矣；其死也，又于子孙无不足之忧焉。何谓约之以礼？人情足于财，而无礼以节之，则又放僻邪侈④，无所不至。先王知其如此，故为之制度，婚丧、祭养、燕享之事，服食、器用之物，皆以命数为之节，而齐之以律度、量衡之法。其命可以为之，而财不足以具，则弗具也。其财可以具，而命不得为之者，不使有铢两⑤、分寸之加焉。何谓裁之以法？先王于天下之士，教之以道艺矣，不帅教⑥，则待之以屏弃远方：终身不齿⑦之法。约之以礼矣，不循礼，则待之以流⑧、杀之法。《王制》⑨曰："变衣服者其君流。"《酒诰》⑩曰："厥或诰曰：'群饮，汝勿佚。尽执拘以归于周，予其杀！'"⑪夫群饮、变衣服，小罪也，流、杀，大刑也，加小罪以大刑，先王所以忍而不疑者，以为不如是，不足以一天下之俗，而成吾治。夫约之以礼，裁之以法，天下所以服从无抵冒⑫者，又非独其禁严而治察之所能致也。盖亦以吾至诚、恳恻⑬之心，力行而为之倡。凡在左右通贵之人，皆顺上之欲而服行之。有一不帅者，法之加必自此始。夫上以至诚行之，而贵者知避上之所恶矣，则天下之不罚而止者众矣。故曰："此养之之道也。"

----

①饶：足也。　　②庶人：平民也。　　③憾：恨也。

④放僻邪侈：谓胡作非为，违法乱纪。　　⑤铢两：十黍为累，

十累为铢，二十四铢为两，皆古衡名。　⑥帅教：犹言遵教也。　⑦引为同类曰齿。不齿：不引为同类也。　⑧流：五刑之一，安置远方，终身不返。　⑨《王制》：《礼记》篇名，记先王班爵、授禄、祭祀、养老之法度。　⑩《酒诰》：《书·周书》篇名。康叔封于殷之故都，民化纣嗜酒，周公以成王之命戒之。　⑪群饮：谓商民聚众而饮之。佚：失也。"予其杀"之"其"，未定辞也。　⑫抵冒：犹言抵触。　⑬恳恻：恳挚而至诚也。

所谓取之之道者何也？先王之取人也，必于乡党，必于庠序①，使众人推其所谓贤能②，书之以告于上而察之。诚贤能也，然后随其德之大小、才之高下而官使之。所谓察之者，非专用耳目之聪明，而听私于一人之口也。欲审③知其德，问以行；欲审知其才，问以言。得其言行，则试之以事。所谓察之者，试之以事是也。虽尧之用舜④，亦不过如此而已。又况其下乎？若夫九州之大，四海之远，万官亿丑⑤之贱，所须士大夫之才则众矣，有天下者，又不可以一一自察之也；又不可以偏属于一人，而使之于一日二日之间，考试其行能而进退之也。盖吾已能察其才行之大者以为大官矣，因使之取其类，以持久试之，而考其能者，以告于上，而后以爵命、禄秩⑥予之而已。此取之之道也。

----

①庠序：学校名。殷曰"序"，周曰"庠"。　②贤能：

《周礼》：三年大比，乡大夫考士之德行道艺，而兴贤者能者。
③审：详悉。 ④尧：名放勋，帝喾之子，继帝挚而为天子。
因四岳之荐而用舜（舜，名重华，颛顼子穷蝉之后也）。后即禅
以天子之位。 ⑤丑：类也。 ⑥爵命：封爵受命。禄秩：
官吏食禄的品级。

　　所谓任之之道者何也？人之才德，高下厚薄不同，其所
任有宜有不宜。先王知其如此，故知农者以为后稷①，知工
者以为共工②。其德厚而才高者，以为之长；德薄而才下
者，以为之佐属③。又以久于其职，则上狃习④而知其事，
下服驯而安其教，贤者则其功可以至于成，不肖者则其罪可
以至于著，故久其任而待之以考绩⑤之法。夫如此，故智能
才力之士，则得尽其智以赴功，而不患其事之不终，其功之
不就也。偷惰、苟且之人，虽欲取容于一时，而顾僇⑥辱在
其后，安敢不勉乎？若夫无能之人，固知辞避而去矣。居职
任事之日久，不胜任之罪，不可以幸而免故也。彼且不敢冒
而知辞避矣，尚何有比周⑦、谗谄、争进之人乎？取之既已
详，使之既已当，处之既已久，至其任之也又专焉，而不一
二以法束缚之，而使之得行其意。尧、舜之所以理百官而熙
众工⑧者，以此而已。《书》⑨曰："三载考绩，三考，黜
陟幽明。"⑩此之谓也。然尧、舜之时，其所黜者，则闻之
矣，盖四凶⑪是也。其所陟者，则皋陶、稷、契⑫，皆终身
一官而不徙。盖其所谓陟者，特加之爵命、禄赐而已耳。此

任之之道也。

夫教之、养之、取之、任之之道如此，而当时人君又能与其大臣悉其耳目心力，至诚、恻怛，思念而行之。此其人臣之所以无疑，而于天下国家之事，无所欲为而不得也。

----

①后稷：舜时之官名，周弃任之，主农。　　②共工：官名，舜时垂作共工，理百工事。　　③佐：辅佐也。属：下属也。　　④狃：狎也。狃习：犹言习惯不以为意也。　　⑤考绩：犹言考课，谓考其所积。　　⑥僇：犹辱。　　⑦比周：犹亲厚。　　⑧工：官也。众工：犹言众官。　　⑨《书》：《尚书》之省称。尚，上也。以其为上古典谟训诂之文，故曰《尚书》，实中国最古之史也。　　⑩黜：贬也，退也，废也。陟：进用也。句谓三年考核成绩一次，经三次考核，时已九载，人之贤否，事之得失，均可见矣，于是陟其明而黜其幽。　　⑪四凶：古之恶人，浑敦、穷奇、梼杌、饕餮是也。　　⑫皋陶：人名，虞舜时为狱官之长。稷：后稷，弃也。契：虞舜时为司徒之官，商之祖也。

方今州县虽有学，取墙壁具①而已，非有教导之官，长育②人才之事也。唯太学有教导之官，而亦未尝严其选。朝廷礼乐、刑政之事，未尝在于学。学者亦漠然，自以礼乐、刑政为有司之事，而非己所当知也。学者之所教，讲说章句③而已。讲说章句，固非古者教人之道也。近岁乃始教之以课试之文章④。夫课试之文章，非博诵强学？穷日之力则不能。及其能工也，大则不足以用天下国家，小则不足以为天下国家之用。故虽白首于庠序，穷日之力以帅上之教，及使之从政，则茫然不知其方者皆是也。

----

①取墙壁具：徒具房屋书案。　　②长：上声。长育：犹言长养。　　③讲说章句：谓不能通达大义而拘泥于辨析篇章字句的训释。　　④课试之文章：指为应付科举考试而作的文章。

盖今之教者，非特不能成人之才而已，又从而困苦毁坏之，使不得成才者，何也？夫人之才，成于专而毁于杂。故先王之处民才，处工于官府，处农于畎亩，处商贾于肆，而处士于庠序，使各专其业而不见异物①。惧异物之足以害其业也。所谓士者，又非特使之不得见异物而已，一示之以先王之道，而百家诸子②之异说，皆屏之而莫敢习者焉。今士之所宜学者，天下国家之用也。今悉使置之不教，而教之以课试之文章，使其耗精疲神，穷日之力，以从事于此。及其任之以官也，则又悉使置之，而责之以天下国家之事。夫古之人，以朝夕专其业于天下国家之事，而犹才有能有不能。今乃移其精神，夺其日力，以朝夕从事于无补之学，及其任之以事，然后卒然责之，以为天下国家之用，宜其才之足以有为者少矣。臣故曰："非特不能成人之才，又从而困苦毁坏之，使不得成才也。"

----

①异物：不共之事，其他事物。　　②百家诸子：按《汉书·艺文志》载诸子百八十九家，系合贾生以后诸家言之。言百家者，举成数也。

又有甚害者，先王之时，士之所学者，文武之道也。士之才，有可以为公卿大夫，有可以为士。其才之大小，宜不宜则有矣。至于武事，则随其才之大小，未有不学者也。故其大者，居则为六官①之卿，出则为六军②之将也。其次则比、闾、族、党③之师，亦皆卒、伍、师、旅④之帅也。故边疆、宿卫⑤皆得士大夫为之，而小人不得奸其任⑥。今之学者，以为文武异事，吾知治文事而已，至于边疆、宿卫之任，则推而属之于卒伍。往往天下奸悍无赖之人，苟其才行足自托于乡里者，亦未有肯去亲戚而从召募⑦者也。边疆、宿卫，此乃天下之重任，而人主之所当慎重者也。故古者教士，以射、御⑧为急，其他技能，则视其人才之所宜而后教之。其才之所不能，则不强也。至于射，则为男子之事。人之生，有疾则已；苟无疾，未有去射而不学者也。在庠序之间，固当从事于射也。有宾客之事则以射，有祭祀之事则以射。别士之行同、能偶则以射。于礼乐之事，未尝不寓以射，而射亦未尝不在于礼乐、祭祀之间也。《易》⑨曰："弧⑩矢之利，以威天下。"先王岂以射为可以习揖让之仪而已乎？固以为射者，武事之尤大，而威天下、守国家之具也。居则以是习礼乐，出则以是从战伐。士既朝夕从事于此，而能者众，则边疆、宿卫之任，皆可以择而取也。夫士尝学先王之道，其行义尝见推于乡党矣，然后因其才而托之以边疆、宿卫之事，此古之人君所以推干戈以属之人，而无内外之虞也。今乃以夫天下之重任，人主所当至慎之选，推而属之奸悍无赖，才行不足自托于乡里之人，此方今所以愳愳然常抱边疆之忧，而虞宿卫之不足恃以为安也。今孰不知边疆、宿卫之士，不足恃以为安哉？顾以为天下学士，以执兵为耻，而亦未有能骑射、行阵之事者，则非召募之卒伍，孰能任其事者乎？夫不严其教，高其选，则士之以执兵为耻，而未尝有能骑射、行阵之事，固其理也。

　　凡此，皆教之非其道故也。

----

　　①六官：《周礼》有天官冢宰、地官司徒、春官宗伯、夏官司马、秋官司寇、冬官司空之职。　　②六军：《周礼》谓凡制军，万二千五百人为军。王六军，大国三军，次国二军，小国一军。　　③五家为比，五比为闾，五闾为族，五族为党。　　④五人为伍，百人为卒，二千五百人为师，五百人为旅。　　⑤宿卫：谓直宿宫禁，以卫天子也。　　⑥奸：乱也。奸其任：犹言非其所能胜任而妄任之。　　⑦召募：召募兵士也。　　⑧御：古时用车战，故御车亦为武术之一种。　　⑨《易》：书名。古卜筮之书，有《连山》《归藏》《周易》三种，谓之《三易》。今但存《周易》，即《易经》，省称《易》。　　⑩弧：木弓也。

　　方今制禄，大抵皆薄，自非朝廷侍从之列，食口稍众，未有不兼农商之利而能充其养者也。其下州县之吏，一月所得，多者钱八九千，少者四五千。以守选①、待除②、守阙③通之④，盖六七年而后得三年之禄⑤。计一月所得，乃实不能四五千，少者乃实不能及三四千而已。虽厮养⑥之给，亦窘于此矣。而其养生、丧死、婚姻、葬送之事，皆当于此。夫出中人之上者，虽穷而不失为君子；出中人之下者，虽泰⑦而不失为小人。唯中人不然，穷则为小人，泰则为君子。计天下之士，出中人之上下者，千百而无十一，穷而为小人，泰而为君子者，则天下皆是也。先王以为众不可以力胜也，故制行不以己，而以中人为制，所以因其欲而利道之；以为中人之所能守，则其志可以行乎天下，而推之后世。以今之制禄，而欲士之无毁廉耻，盖中人之所不能也。故今官大者，往往交略遗⑧，营赀产，以负贪污之毁；官小者，贩鬻⑨、乞丐无所不为。夫士已尝毁廉耻以负累⑩于世矣，则其偷惰取容之意起，而矜奋自强之心息。则职业安得而不弛，治道何从而兴乎？又况委法⑪受略，侵牟⑫百姓者，往往而是也。此所谓不能饶之以财也。

----

　　①选：选拔官员。职官由部选举曰选。守选：犹言候铨举官。　　②除：拜官也。凡言除者，除去故官，就新官也。待除：犹言旧任已满，待就新官。　　③阙：通"缺"。守阙：犹

言待阙，候阙也。　　④通之：犹言平均计之也。　　⑤依例，官员在守选、待除、守阙期间无俸禄，上任之后才会有相应俸禄，一任三年后，又须待除与待阙，重又无俸。　　⑥厮养：贱役也。　　⑦泰：侈也，安也。　　⑧赂遗：以财与人也。⑨鬻：音祝。贩鬻：犹言贩卖。　　⑩累：罪也。负累：犹言负罪。　　⑪委：弃也。委法：犹言不守法纪也。　　⑫牟：取也，夺也。侵牟：犹言侵夺。

婚丧、奉养、服食、器用之物，皆无制度以为之节，而天下以奢为荣，以俭为耻。苟其财之可以具，则无所为而不得。有司既不禁，而人又以此为荣。苟其财不足，而不能自称于流俗，则其婚丧之际，往往得罪于族人亲姻，而人以为耻矣。故富者贪而不知止，贫者则强勉其不足以追之。此士之所以重困，而廉耻之心毁也。

凡此，所谓不能约之以礼也。

方今陛下躬行俭约，以率天下，此左右通贵之臣所亲见。然而其闺门①之内，奢靡无节，犯上之所恶，以伤天下之教者，有已甚者矣。未闻朝廷有所放绌②，以示天下。昔周之人，拘群饮而被之以杀刑者，以为酒之末流生害，有至于死者众矣，故重禁其祸之所自生。重禁祸之所自生，故其施刑极省，而人之抵于祸败者少矣。今朝廷之法，所尤重者，独贪吏耳。重禁贪吏而轻奢靡之法，此所谓禁其末而弛其本。

----

①闺门：宫中的小门。亦称宫室、内室之门。此处代指朝廷后官。　　②绌：同"黜"。

然而世之识者，以为方今官冗，而县官①财用已不足以供之，其亦蔽于理矣。今之入官诚冗矣，然而前世置员盖甚少，而赋禄又如此之薄，则财用之所不足，盖亦有说矣。吏禄岂足计哉？臣于财利固未尝学，然窃观前世治财之大略矣。盖因天下之力，以生天下之财，取天下之财，以供天下之费，自古治世，未尝以不足为天下之公患也，患在治财无其道耳。今天下不见兵革之具，而元元②安土乐业，人致己力，以生天下之财。然而公私常以困穷为患者，殆以理财未得其道，而有司不能度世之宜而通其变耳。诚能理财以其道而通其变，臣虽愚，固知增吏禄不足以伤经费也。

----

①县官：天子也。见《汉书》。　　②元元：民也。元：善也，民之类善，故称元。

方今法严令具，所以罗天下之士，可谓密矣。然而亦尝教之以道艺，而有不帅教之刑以待之乎？亦尝约之以制度，而有不循理之刑以待之乎？亦尝任之以职事，而有不任事之刑以待之乎？夫不先教之以道艺，诚不可以诛其不帅教；不先约之以制度，诚不可以诛其不循理；不先任之以职事，诚不可以诛其不任事。此三者，先王之法所尤急也，今皆不可得诛，而薄物细故，非害治之急者，为之法禁，月异而岁不同，为吏者至于不可胜记。又况能一二避之而无犯者乎？此法令所以玩而不行，小人有幸而免者，君子有不幸而及者焉。此所谓不能裁之以刑也。

凡此，皆治之非其道也。

方今取士，强记博诵而略通于文辞，谓之茂才①、异等②、贤良方正③。茂才、异等、贤良方正者，公卿之选也。记不必强，诵不必博，略通于文辞，而又尝学诗赋④，则谓之进士⑤。进士之高者，亦公卿之选也。夫此二科所得之技能，不足以为公卿，不待论而后可知。而世之议者，乃以为吾常以此取天下之士，而才之可以为公卿者，常出于此，不必法古之取人而后得士也。其亦蔽于理矣。先王之时，尽所以取人之道，犹惧贤者之难进而不肖者之杂于其间也。今悉废先王所以取士之道，而驱天下之才士，悉使为贤良、进士，则士之才可以为公卿者，固宜为贤良、进士，而贤良、进士亦固宜有时而得才之可以为公卿者也。然而不肖者，苟能雕虫篆刻⑥之学，以此进至乎公卿；才之可以为公卿者，困于无补之学，而以此绁死于岩野，盖十八九矣。夫古之人有天下者，其所以慎择者，公卿而已。公卿既得其人，因使推其类以聚于朝廷，则百司庶物，无不得其人也。今使不肖之人幸而至乎公卿，因得推其类，聚之朝廷，此朝廷所以多不肖之人，而虽有贤智，往往困于无助，不得行其意也。且公卿之不肖，既推其类以聚于朝廷；朝廷之不肖，又推其类以备四方之任；使四方之任使者，又各推其不肖以布于州郡，则虽有同罪举官之科⑦，岂足恃哉？适足以为不肖者之资而已。

----

①茂才：即秀才，因避后汉光武帝讳，改秀才为茂才，科举之一，始于汉，言其才秀异茂美也。隋世天下举秀才不十人，视秀才极重。唐与明经、进士并设科目。宋时凡应举者无不称秀才。　②异等：科举之一，始于汉，言才能特异于众人也。③贤良方正：科举之一。汉文帝诏举贤良方正、文学、材力之士，待以不次之位，举贤良方正始此。唐宋沿之。　④赋：文体之一，源于古诗，其后踵事增华，遂独成一体。　⑤进士：谓士之可进受爵禄者也。至隋始设此科目，唐宋因之。　⑥雕虫篆刻，扬雄《法言》：或问："吾子少而好赋。"曰："然，童子雕虫篆刻。"俄而曰："壮夫不为也。"后人言文章之事，恒引此语。　⑦同罪举官之科：被荐举的官员如果日后犯罪，其荐举者也要受到相应的惩处。

其次九经①、五经②、学究③、明法④之科，朝廷固已尝患其无用于世，而稍责之以大义矣。然大义之所得，未有以贤于故也。今朝廷又开明经⑤之选，以进经术之士。然明经之所取，亦记诵而略通于文辞者，则得之矣。彼通先王之意，而可以施于天下国家之用者，顾未必得与于此选也。

----

①九经：《周礼》《仪礼》《礼记》《左传》《公羊》《谷梁》《易》《诗》《书》是也。一说《易》《诗》《书》《礼》《春秋》《孝经》《论语》《孟子》《周礼》，是也。　　②五经：《易》《书》《诗》《春秋》《礼》是也。　　③学究：唐时取士科目，有秀才，有明经。而明经之别有五经，有三经，有二经，有学究一经。其应学究一经科者，即谓之学究。　　④明法：汉新有国，诏明法者遣诣京师。唐始设明法科。　　⑤明经：见"学究"注。

其次则恩泽子弟①，庠序不教之以道艺，官司不考问其才能，父兄不保任其行义，而朝廷辄以官予之，而任之以事。武王数纣②之罪，则曰："官人以世。"③夫官人以世，而不计其才行，此乃纣之所以乱亡之道，而治世之所无也。

----

①恩泽子弟：谓父兄有功于国家，天子推恩以官其子弟也。
②纣：名辛。商代亡国之君也。暴虐无道，为周武王所杀。
③官人以世：谓因世代之关系而官之也。

又其次曰流外①。朝廷固已挤之于廉耻之外，而限其进取之路矣，顾属之以州县之事，使之临士民之上，岂所谓以贤治不肖者乎？以臣使事之所及，一路数千里之间，州县之吏出于流外者，往往而有，可属任以事者，殆无二三，而当防间其奸者皆是也。盖古者有贤不肖之分，而无流品②之别。故孔子之圣③，而尝为季氏吏④。盖虽为吏而亦不害其为公卿。及后世有流品之别，则凡在流外者，其所成立，固尝自置于廉耻之外，而无高人之意矣。夫以近世风俗之流靡，自虽士大夫之才，势足以进取，而朝廷尝奖之以礼义者，晚节末路，往往怵⑤而为奸。况又其素所成立，无高人之意，而朝廷固已挤之于廉耻之外，限其进取者乎？其临人亲职，放辟邪侈，固其理也。

至于边疆宿卫之选，则臣固已言其失矣。

凡此，皆取之非其道也。

----

①流外：官名。后魏官制，已有流外之名。唐制，一品至九品各分正从，谓之流内。九品以外，别置九级，自勋品至九品无正从，谓之流外。其官卑猥，不得预于正流，故曰流外也。
②流品：谓人之道德学问，在社会上所占之地位也。流：谓派别；品：谓等第。魏时用九品官人法，历代因之。又隋唐官制有流内流外，犹言正流杂流也。二者皆人材登庸之途，旧社会重仕宦，故评论人材之高下，谓之流品。　　③孔子：儒家之祖，周春秋时鲁人。名丘，字仲尼。初仕于鲁，为司寇，摄行相事。其后不用，遂周流四方。归鲁，删《诗》《书》，定《礼》《乐》，赞《周易》，修《春秋》，以传先王之旧，后世尊为圣人。　　④季氏：春秋时鲁国之季孙氏也。孔子尝为其宰。

⑤怵：诱也。

　　方今取之既不以其道，至于任之又不问其德之所宜，而问其出身之后先；不论其才之称否，而论其历任之多少。以文学进者，且使之治财。已使之治财矣，又转而使之典狱①。已使之典狱矣，又转而使之治礼。是则一人之身，而责之以百官之所能备，宜其人才之难为也。夫责人以其所难为，则人之能为者少矣。人之能为者少，则相率②而不为。故使之典礼，未尝以不知礼为忧，以今之典礼者，未尝学礼故也。使之典狱，未尝以不知狱为耻，以今之典狱者，未尝学狱故也。天下之人，亦已渐渍于失教，被服于成俗③，见朝廷有所任使，非其资序，则相议而讪之，至于任使之不当其才，未尝有非之者也。

- -

　　①典狱：犹言管理监狱也。　　②相率：相跟，争先恐后。③渐渍于失教，被服于成俗：语出《史记·礼书》，意谓积渐成俗，人们很难超脱现实而保持头脑的清醒。

　　且在位者数徙，则不得久于其官。故上不能狃习①而知其事，下不肯服驯而安其教。贤者则其功不可以及于成，不肖者则其罪不可以至于著。若夫迎新将故之劳，缘绝簿书之弊②，固其害之小者，不足悉数也。设官大抵皆当久于其任，而至于所部者远，所任者重，则尤宜久于其官，而后可以责其有为。而方今尤不得久于其官，往往数日辄迁之矣。

取之既已不详，使之既已不当，处之既已不久，至于任之则又不专，而又一二以法束缚之，不得行其意。臣故知当今在位多非其人，稍假借之权而不一二以法束缚之，则放恣而无不为。虽然，在位非其人，而恃法以为治，自古及今，未有能治者也。即使在位皆得其人矣，而一二以法束缚之，不使之得行其意，亦自古及今，未有能治者也。

夫取之既已不详，使之既已不当，处之既已不久，任之又不专，而一二以法束缚之，故虽贤者在位，能者在职，与不肖而无能者，殆无以异。夫如此，故朝廷明知其贤能足以任事，苟非其资序，则不以任事而辄进之；虽进之，士犹不服也。明知其无能而不肖，苟非有罪，为在事者所劾，不敢以其不胜任而辄退之；虽退之，士犹不服也。彼诚不肖无能，然而士不服者何也？以所谓贤能者任其事，与不肖而无能者，亦无以异故也。臣前以谓不能任人以职事，而无不任事之刑以待之者，盖谓此也。

----

①狃习：熟悉，习惯。　②缘绝簿书：谓文书繁冗，部门众多，凡事皆需许多衙门关口方能解决。

夫教之，养之，取之，任之，有一非其道，则足以败天下之人才，又况兼此四者而有之，则在位不才、苟简、贪鄙之人，至于不可胜数，而草野、闾巷之间，亦少可任之才，固不足怪。《诗》曰："国虽靡止，或圣或否。民虽靡膴，或哲或谋，或肃或艾。如彼泉流，无沦胥以败。"①此之谓也。

----

①出《诗经·小雅·小旻》。意谓国论虽不定，然有圣者焉，有否者焉；国民虽不多，然有明哲者焉，有谋画者焉，有敬恭者焉，有治理者焉。但王不用善，则虽有善者不能自存，将如泉流之不反，而沦胥以至于败矣。靡止：不定也。膴（hū）：法则。

夫在位之人才不足矣，而闾巷、草野之间，亦少可用之才，则岂特行先王之政而不得也。社稷之托，封疆之守，陛下其能久以天幸为常，而无一旦之忧乎？盖汉之张角①，三十六万，同日而起，所在郡国，莫能发其谋；唐之黄巢②，横行天下，而所至将吏，无敢与之抗者。汉唐之所以亡，祸自此始。

----

①东汉末，钜鹿人张角，自称天公将军，以符咒治病。惑众至数十万，起而为乱。　　②唐僖宗时，王仙芝为乱，曹州人黄巢起兵应之。仙芝败死，巢率众攻掠河南、江西、福建、浙东、宣歙（领宣、歙、饶三州，治宣州）、广南、荆襄诸州，乘势取洛阳，破潼关，陷长安。帝奔蜀。巢称齐帝。凡十年，乱始平。

　　唐既亡矣，陵夷①以至五代②，而武夫用事，贤者伏匿消沮而不见，在位无复有知君臣之义、上下之礼者也。当是之时，变置社稷，盖甚于弈棋之易；而元元肝脑涂地，幸而不转死于沟壑者无几耳。夫人才不足，其患盖如此，而方今公卿大夫，莫肯为陛下长虑后顾，为宗庙万世计，臣窃惑之。

------

　　①陵：丘陵也。夷：平也。陵夷：言帝王之道，其颓废如丘陵之渐平也。　　②五代：后梁、后唐、后晋、后汉、后周是也。

　　昔晋武帝①趣过目前，而不为子孙长远之谋。当时在位，亦皆偷合苟容，而风俗荡然，弃礼义，捐法制，上下同失，莫以为非，有识固知其将必乱矣。而其后果海内大扰，中国列于夷狄者二百余年②。

------

　　①晋武帝：名炎，篡魏后，只知淫乐。其后果致五胡之乱。②中国列于夷狄者二百余年：谓自晋东迁后，五胡及拓跋魏占据中原，至隋始统一。

　　伏惟三庙祖宗①神灵所以付属陛下，固将为万世血食②而大庇元元于无穷也。臣愿陛下鉴汉、唐、五代之所以乱亡，惩晋武苟且因循之祸，明诏大臣，思所以陶成③天下之才，虑之以谋，计之以数，为之以渐，期为合于当世之变，而无负于先王之意，则天下之人才不胜用矣。人才不胜用，则陛下何求而不得，何欲而不成哉？

夫虑之以谋，计之以数，为之以渐，则成天下之才甚易也。

----

①三庙祖宗：谓太祖、太宗、真宗。　　②祭祀须杀牲取血，因名宗庙、社稷之神主享受牺牲，是为血食。　　③陶成：陶冶使之成就大器。

臣始读《孟子》，见孟子言王政之易行，心则以为诚然。及见与慎子论齐鲁之地①，以为先王之制国，大抵不过百里者；以为今有王者起，则凡诸侯之地，或千里，或五百里，皆将损之至于数十百里而后止。于是疑孟子虽贤，其仁智足以一天下，亦安能毋劫之以兵革，而使数百千里之强国，一旦肯损其地之十八九，比于先王之诸侯。至其后，观汉武帝用主父偃之策②，令诸侯王地悉得推恩封其子弟，而汉亲临定其号名，辄别属汉。于是诸侯王之子弟各有分土，而势强地大者，卒以分析弱小，然后知虑之以谋，计之以数，为之以渐，则大者固可使小，强者固可使弱，而不至乎倾骇、变乱、败伤之衅。孟子之言不为过。又况今欲改易更革，其势非若孟子所为之难也。臣故曰："虑之以谋，计之以数，为之以渐，则其为甚易也。"

----

①详《孟子·告子下》。　　②主父偃：汉齐国临淄人，学长短纵横术。汉武帝用主父偃策详《资治通鉴》卷一八。

然先王之为天下，不患人之不为，而患人之不能；不患人之不能，而患己之不勉。何谓不患人之不为，而患人之不能？人之情所愿得者，善行、美名、尊爵、厚利也，而先王能操之以临天下之士。天下之士，有能遵之以治者，则悉以其所愿得者以与之。士不能则已矣，苟能，则孰肯舍其所愿得，而不自勉以为才？故曰："不患人之不为，患人之不能。"何谓不患人之不能，而患己之不勉？先王之法，所以待人者尽矣，自非下愚不可移之才，未有不能赴者也。然而不谋之以至诚、恻怛之心，力行而先之，未有能以至诚、恻怛之心，力行而应之者也。故曰："不患人之不能，而患己之不勉。"陛下诚有意乎成天下之才，则臣愿陛下勉之而已。

臣又观朝廷异时欲有所施为变革，其始计利害未尝熟也。顾有一流俗侥幸之人，不悦而非之，则遂止而不敢为。夫法度立，则人无独蒙其幸者。故先王之政，虽足以利天下，而当其承弊坏之后，侥幸之时，其创法立制，未尝不艰难也。以其创法立制，而天下侥幸之人，亦顺悦以趋之，无有龃龉①，则先王之法，至今存而不废矣。惟其创法立制之艰难，而侥幸之人，不肯顺悦而趋之，故古之人欲有所为，未尝不先之以征诛而后得其意。《诗》曰："是伐，是肆，是绝，是忽，四方以无拂。"②此言文王先征诛而后得意于天下也。夫先王欲立法度，以变衰坏之俗而成人之才，虽有征诛之难，犹忍而为之。以为不若是不可以有为也。及至孔子，以匹夫游诸侯，所至则使其君臣捐所习，逆所顺，强所劣，憧憧③如也，卒困于排逐。然孔子亦终不为之变，以为不如是，不可以有为。此其所守，盖与文王同意。夫在上之圣人，莫如文王，在下之圣人，莫如孔子，而欲有所施为变革，则其事盖如此矣。今有天下之势，居先王之位，创立法制，非有征诛之难也；虽有侥幸之人不悦而非之，固不胜天下顺悦之人众也；然而一有流俗侥幸不悦之言，则遂止而不敢为者，惑也。陛下诚有意乎成天下之才，则臣又愿断之④而已。

----

①龃龉（jǔ yǔ）：谓齿不正而参差出入也。引申之，凡意见不相合亦曰龃龉。　②拂：音佛，戾也。四方以无拂：言无复侥戾者也。　③憧憧：意不定也。　④断之：详细地推论剖析事情的原委。

夫虑之以谋，计之以数，为之以渐，而又勉之以成，断之以果，然而犹不能成天下之才，则以臣所闻，盖未有也。然臣之所称，流俗之所不讲，而今之议者，以谓迂阔而熟烂者也①。窃观近世士大夫，所欲悉心力耳目以补助朝廷者有矣。彼其意，非一切利害，则以为当世所能行者。士大夫既以此希世②，而朝廷所取于天下之士，亦不过如此。至于大伦大法、礼义之际，先王之所力学而守者，盖不及也。一有及此，则群聚而笑之，以为迂阔。今朝廷悉心于一切之利害，有司法令于刀笔之间③，非一日也。然其效可观矣。则夫所谓迂阔而熟烂者，惟陛下亦可以少留神而察之矣。

昔唐太宗正观④之初，人人异论，如封德彝⑤之徒，皆以为非杂用秦、汉之政，不足以为天下。能思先王之事，开太宗者，魏文正公⑥一人尔。其所施设，虽未能尽当先王之意，抑其大略，可谓合矣。故能以数年之间，而天下几致刑措⑦，中国安宁，蛮夷顺服，自三王以来，未有如此盛时也。唐太宗之初，天下之俗，犹今之世也，魏文正公之言，固当时所谓迂阔而熟烂者也，然其效如此。贾谊⑧曰："今或言德教之不如法令，胡不引商、周、秦、汉以观之？"然则唐太宗之事，亦足以观矣。

----

①迂阔而熟烂者：陈词滥调，过时的东西。　　②希世：迎合世俗。　　③法令于刀笔之间：谓一切事情都照既定条文办理。　　④正观：即贞观，唐太宗年号。　　⑤封德彝：唐勃海人。名伦，以字显，官至右仆射。　　⑥魏文正公：名徵，字玄成，唐曲城人。事唐太宗，敢犯颜直谏，凡上二百余奏，无不恺切，太宗敬惮之。　　⑦刑措：民不犯法，刑废而不用也。⑧贾谊：汉洛阳人。文帝召为博士，迁至大中大夫。后为大臣所

忌，出为长沙王太傅。迁梁王太傅而卒。

臣幸以职事归报陛下，不自知其驽下①无以称职，而敢及国家之大体者，以臣蒙陛下任使而当归报。窃谓在位之人才不足，而无所称朝廷任使之意；而朝廷所以任使天下之士者，或非其理，而士不得尽其才，此亦臣使事之所及，而陛下之所宜先闻者也。释此不言，而毛举②利害之一二，以污陛下之聪明，而终无补于世，则非臣所以事陛下惓惓③之义也。伏惟陛下详思而择其中，天下幸甚！

----

①驽下：智虑愚钝，能力低下。　②毛举：喻物之细碎者。　③惓惓：同"拳拳"，恳切。

上时政疏

臣窃观自古人主，享国①日久，无至诚、恻怛、忧天下之心，虽无暴政、虐刑加于百姓，而天下未尝不乱。自秦以下，享国日久者，有晋之武帝②、梁之武帝③、唐之明皇④。此三帝者，皆聪明、智略、有功之主也。享国日久，内外无患，因循苟且，无至诚、恻怛、忧天下之心，趋过目前，而不为久远之计。自以祸灾可以无及其身，往往身遇灾祸，而悔无所及。虽或仅得身免，而宗庙⑤固已毁辱；而妻子固已困穷；天下之民，固已膏血涂草野，而生者不能自脱于困饿、劫束之患矣。夫为人子孙，使其宗庙毁辱，为人父母，使其比屋⑥死亡，此岂仁孝之主所宜忍者乎？然而晋、梁、唐之三帝，以晏然⑦致此者，自以为其祸灾可以不至于此，而不自知忽然已至也。

----

①享国：谓天子在位之年也。　　②晋武帝：晋孝武帝司马曜。　　③梁武帝：姓萧，名衍，兰陵人。初仕齐，后灭齐，自立为帝，国号梁。帝博学能文，初即位，政治甚有可观。后崇信佛教，侯景反，饿死台城。　　④唐明皇：姓李，名隆基。英武有才略。初即位，政治之佳，媲隆贞观。后因任用李林甫、杨国

忠，致安禄山作乱，国几亡。　⑤宗庙：古时天子诸侯祀其先人之所也。　⑥比屋：相并之屋也。此处形容死亡之多。⑦晏然：安逸也。

盖夫天下至大器①也，非大明法度不足以维持②，非众建贤才不足以保守。苟无至诚、恻怛、忧天下之心，则不能询考贤才，讲求法度。贤才不用，法度不修，偷假岁月，则幸或可以无他；旷日持久③，则未尝不终于大乱。

----

①大器：指天子之位而言。　②维持：谓维系之使不至于败坏也。　③旷日持久：谓空废时日，相持过久也。

伏惟皇帝陛下，有恭俭之德，有聪明、睿智之才，有仁民、爱物之意。然享国日久矣，此诚当恻怛、忧天下，而以晋、梁、唐三帝为戒之时。以臣所见：方今朝廷之位，未可谓能得贤才；政事所施，未可谓能合法度；官乱于上，民贫于下；风俗日以薄，财力日以困穷；而陛下高居深拱①，未尝有询考讲求之意。此臣所以窃为陛下计，而不能无慨然者也。

----

①高居深拱：谓天子安居宫中也。

夫因循苟且，逸豫①而无为，可以侥幸一时，而不可以旷日持久。晋、梁、唐三帝者，不知虑此，故灾稔②祸变，生于一时，则虽欲复询考讲求以自救，而已无所及矣。以古准今③，则天下安危治乱，尚可以有为。有为之时，莫急于今日。过今日，则臣恐亦有无所及之悔矣。然则以至诚询考，而众建贤才，以至诚讲求，而大明法度，陛下今日其可以不汲汲④乎？《书》曰："若药不瞑眩，厥疾弗瘳。"⑤臣愿陛下以终身之狼疾⑥为忧，而不以一日之瞑眩为苦。臣既蒙陛下采擢⑦，使备从官，朝廷治乱安危，臣实预其荣辱，此臣所以不敢避进越⑧之罪，而忘尽规之义。伏惟陛下深思臣言，以自警戒，则天下幸甚！

----

①逸豫：安乐也。　②灾稔：犹言荒年也。　③准：标准也。以古准今：犹言以古为标准而推今之事也。　④汲汲：欲速之意。　⑤若药不瞑眩，厥疾弗瘳：犹言药不苦口，不能治病也。　⑥狼疾：意本《孟子》"养其一指，而失其肩背而不知也，则为狼疾人也"句。朱注谓狼善顾，疾则不能，故以为失肩背之喻。　⑦采擢：犹言选择而拔其良也。　⑧越：逾也。

论馆职劄子

臣伏见今馆职①一除，乃至十人。此本所以储②公卿之材也。然陛下试求以为讲官③，则必不知其谁可；试求以为谏官④，则必不知其谁可；试求以为监司⑤，则必不知其谁可。此患在于不亲考试以实故也。《孟子》曰："国人皆曰贤，然后察之。见贤焉，然后用之。"今所除馆职，特一二大臣以为贤而已，非国人皆曰贤。国人皆曰贤，尚未可信用，必躬察见其可贤而后用。况于一二大臣以为贤而已，何可遽⑥信而用也？

----

①馆职：《宋史·职官志》以史馆、昭文馆、集贤院为三馆。直阁，直院，则谓之馆职。　　②储：蓄也，备也。　　③讲官：为经筵讲官之省称。经筵为天子研究经史之所，臣僚受命讲解者为经筵讲官。宋时侍读、侍讲、崇政殿说书等皆为经筵讲官。　　④谏官：司谏诤之官也。　　⑤监司：监察州郡之官也。宋置转运使监察各路。　　⑥遽：即也。

臣愿陛下察举众人所谓材良而行美，可以为公卿者，召令三馆祗候①，虽已带馆职，亦可令兼祗候。事有当论议者，召至中书②，或召至禁中③，令具条奏是非利害，及所当设施之方。及察其才可以备任使者，有四方之事，则令往相视问察，而又或令参覆④其所言是非利害。其所言是非利害，虽不尽中义理可施用，然其于相视问察能详尽而不为蔽欺者，即皆可以备任使之才也。其有经术者，又令讲说。如此至于数四，则材否略见。然后罢其否者而召其材者，更亲访问以事。访问以事，非一事而后可以知其人之实也，必至于期年，所访一二十事，则其人之贤不肖审矣。然后随其材之所宜任使。其尤材良行美可与谋者，虽尝令备访问可也。此与用一二大臣荐举，不考试以实而加以职，固万万不侔⑤。

----

①三馆：宋因唐，设三馆。昭文馆、集贤院、史馆是也。祇候：为阁门祇候之省称。宋置东上阁门使、副使、阁门通事舍人、阁门祇候等。　②中书：官署名，宋置三省，中书其一也。③禁中：即天子所居之处也。此称始于汉言门户有禁非侍御之臣不得入也。　④参覆：犹言详参而覆察之也。　⑤侔：类也。

　　然此说在他时或难行，今陛下有尧、舜之明，洞见天下之理，臣度无实之人不能蔽也，则推行此事甚易。既因考试可以出材实，又因访问可以知事情，所谓"敷纳以言，明试以功①"，"用人惟己②"，"辟四门，明四目，达四聪"③

者，盖如此而已。以今在位乏人，上下壅隔之时，恐行此不宜在众事之后也。

----

①敷纳以言，明试以功：句本《尚书》，意谓使各陈其为治之说，言之善者则从而明考其功。敷纳之"纳"字，《尚书》作"奏"字。　　②用人惟己：句本《尚书》，意谓人之有善者无不容也。　　③辟四门，明四目，达四聪：句本《尚书》，意谓辟四方之门以延天下之贤俊，广四方之视听以决天下之壅蔽也。

然巧言、令色、孔壬①之人，能伺人主意所在而为倾邪者，此尧、舜之所畏，而孔子之所欲远也。如此人当知而远之，使不得亲近。然如此人亦有数。陛下博访于忠臣、良士，知其人如此，则远而弗见；误而见之，以陛下之仁圣，以道揆②之，以人参之，亦必知其如此。知其如此，则宜有所惩。如此则巧言、令色、孔壬之徒消，而正论不蔽于上。

----

①孔壬：大奸佞也。　　②揆（kuí）：推测揣度。

今欲广闻见，而使巧言、令色、孔壬之徒得志，乃所以自蔽。畏巧言、令色、孔壬之徒为害，而一切疏远群臣，亦所以自蔽。盖人主之患，在不穷理。不穷理，则不足以知言。不知言，则不足以知人。不知人，则不能官人。不能官人，则治道何从而兴乎？陛下尧、舜之主也。其所明见，秦、汉以来欲治之主，未有能仿佛者，固非群臣所能窥望。
然自尧、舜、文、武，皆好问以穷理，择人而官之，以自助
其意。以为王者之职，在于论道，而不在于任事；在于择人
而官之，而不在于自用。愿陛下以尧、舜、文、武为法，则
圣人之功，必见于天下。至于有司丛脞①之务，恐不足以弃
日力②，劳圣虑也。以方今所急为在于此，敢不尽愚。

----

①丛脞（cuò）：琐碎也。　　②日力：犹言光阴。

臣愚才薄，然蒙拔擢，使豫闻天下之事，圣旨宣谕富
弼①等，欲于讲筵召对辅臣②，讨论时事。顾如臣者，才薄
不足以望陛下之清光。然陛下及此言也，实天下幸甚。自备
位政府，每得进见，所论皆有司丛脞之事。至于大体，粗有
所及，则迫于日晷③，已复旅退④。而方今之事，非博论详
说，令所改更施设，本末先后、小大详略之方，已熟于圣
心，然后以次奉行，则治道终无由兴起。然则如臣者，非蒙
陛下赐之从容，则所怀何能自竭？盖自古大有为之君，未有
不始于忧勤而终于逸乐。今陛下仁圣之质，秦、汉以来人
主，未有企及者也；于天下事，又非不忧勤；然所操或非其
要，所施或未得其方，则恐未能终于逸乐，无为而治也。则
于博论详说岂宜缓？然陛下欲赐之从容，使两府⑤并进，则
论议者众而不一，有所怀者，或不得自竭。谓宜使中书、密
院⑥迭进⑦，则人各得尽其所怀，而陛下听览亦不至于烦。

陛下即以臣言为可，乞明喻大臣，使各举所知，无限人数，皆实封以闻。然后陛下推择，召置以为三馆祗候，其不足取者，旋即罢去，则所置虽多，亦无所害也。

----

①富弼：宋河南人，字彦国。少笃学有大志。仕仁宗、神宗两朝。　②辅臣：辅弼之臣，天子之左右大臣也。　③日晷：日影也。迫于日晷：犹今言限于时间也。　④旅：众也。旅退：犹言与众人共退也。　⑤两府：宋以中书省与枢密院为两府。　⑥密院：官署名。唐代宗始以宦官为枢密使。宋以枢密院与中书省分掌文武之权，文由中书省，武由枢密院。　⑦迭进：犹言轮流更换而进也。

进 戒 疏①

　　臣窃以为陛下既终亮阴②，考之于经，则群臣进戒之时。而臣待罪近司，职当先事有言者也。

----

　　①宋神宗熙宁二年，神宗除英宗之丧时所进者也。　　②亮阴：天子居丧也。亦作“谅阴”，亦作“亮暗”。汉时，士大夫居丧，亦有用之者，后世始专属于天子。

　　窃闻孔子论为邦，先放郑声①，而后曰远佞人②；仲虺③称汤之德，先不迩声色④，不殖货利⑤，而后曰用人惟己。盖以谓不淫⑥耳目于声色玩好之物，然后能精于用志；能精于用志，然后能明于见理；能明于见理，然后能知人；能知人，然后佞人可得而远，忠臣、良士与有道之君子类进于时，有以自竭⑦；则法度之行，风俗之成，甚易也。若夫人主虽有过人之材，而不能早自戒于耳目之欲，至于过差，以乱其心之所思，则用志不精；用志不精，则见理不明；见理不明，则邪说、诐行⑧必窥间乘殆⑨而作；则其至于危乱也岂难哉？

----

①郑：周春秋时诸侯之一。郑声：谓郑国之音，其声淫也。
②远佞人：远口辞捷给之人也。　　③仲虺：汤之相也。　　④不迩声色：谓不近音乐女色也。　　⑤不殖货利：谓不聚货财也。
⑥淫：惑也。　　⑦自竭：谓自竭其力以效忠也。　　⑧诐行：不正之行为也。　　⑨殆：危也，疲也。乘殆：犹言乘隙而入也。

伏惟陛下即位以来，未有声色玩好之过闻于外。然孔子圣人之盛，尚自以为七十而后敢从心所欲①也。今陛下以鼎盛之春秋②，而享天下之大奉③，所以惑移耳目者为不少矣。则臣之所豫虑，而陛下之所深戒，宜在于此。天之生圣人之材甚吝，而人之值圣人之时甚难。天既以圣人之材付陛下，则人亦将望圣人之泽于此时。伏惟陛下自爱以成德，而自强以赴功④，使后世不失圣人之名，而天下皆蒙陛下之泽，则岂非可愿之事哉？臣愚不胜惓惓，唯陛下恕其狂妄而幸赐省察！

----

①七十而后敢从心所欲，意本《论语》。孔子自述其修德进业与年俱进之经历时之言"七十而从心所欲，不逾矩"。　　②春秋：年龄也。鼎盛之春秋，犹言"方当壮年"也。　　③大奉：谓以天下奉一人也。　　④赴功：犹言趋向成功之路也。

本朝百年无事劄子

　　臣前蒙陛下问及，本朝所以享国百年，天下无事之故。臣以浅陋，误承圣问，迫于日暮，不敢久留，语不及悉，遂辞而退。窃惟念圣问及此，天下之福；而臣遂无一言之献，非近臣①所以事君之义，故敢冒昧而粗有所陈。

----

　　①近臣：左右侍从之臣也。

　　伏惟太祖①躬上智独见之明，而周知②人物之情伪；指挥付托，必尽其材；变置设施，必当其务。故能驾驭将帅，训齐③士卒；外以扞④夷狄，内以平中国。于是除苛赋，止虐刑，废强横之藩镇⑤，诛贪残之官吏，躬以简俭为天下先。其于出政发令之间，一以安利元元为事。太宗⑥承之以聪武，真宗⑦守之以谦仁，以至仁宗、英宗⑧，无有逸德⑨。此所以享国百年而天下无事也。

----

　　①太祖：宋之创业君也。姓赵，名匡胤。　　②周知：详知也。　　③训齐：犹言训练而整齐之也。　　④扞：抵也。⑤废强横之藩镇：宋太祖一日召石守信、王审琦等饮酒，谓之

曰："作天子不易，不如为节度使之乐。何不释去兵权，出守大藩，为子孙市田宅，歌舞饮酒，上下两无猜嫌，以终天年乎？"次日，石、王等皆称疾乞归。此云废者，废藩镇之实权也。

⑥太宗：太祖之弟，名光义，嗣太祖为天子。　　⑦真宗：太宗之子，名恒，嗣太宗为天子。　　⑧英宗：太宗子，名曙，嗣仁宗为天子。　　⑨逸德：失德也。

仁宗在位，历年最久。臣于时实备从官①，施为本末，臣所亲见。尝试为陛下陈其一二，而陛下详择其可，亦足以申鉴于方今。

----

①臣于时实备从官：仁宗时，安石曾任三司度支判官。

伏惟仁宗之为君也，仰畏天，俯畏人，宽、仁、恭、俭出于自然，而忠、恕、诚、悫①终始如一；未尝妄兴一役②，未尝妄杀一人，断狱务在生之，而特恶吏之残扰，宁屈己弃财于夷狄，而终不忍加兵。刑平而公，赏重而信。纳用谏官、御史，公听并观，而不蔽于偏至之谗；因任众人耳目，拔举疏远，而随之以相坐之法③。

----

①悫（què）：诚实。　　②役：使也。古时天子有所兴筑战争，皆使民为之。　　③相坐之法：举人不实，坐之以罪也。

盖监司之吏，以至州县，无敢暴虐残酷，擅有调发①，以伤百姓；自夏人②顺服，蛮夷遂无大变，边人父子、夫妇，得免于兵死。而中国之人，安逸蕃息，以至今日者，未尝妄兴一役，未尝妄杀一人，断狱务在生之，而特恶吏之残扰，宁屈己弃财于夷狄，而不忍加兵之效也。

----

①调发：征发也。　　②夏人：即西夏，姓拓跋。唐赐姓李。世为夏州节度使。至元昊时，称帝，据有甘肃西北部，及内蒙古鄂尔多斯、阿拉善等。

大臣贵戚，左右近习，莫敢强横犯法，其自重慎，或甚于闾巷之人，此刑平而公之效也。

募天下骁雄横猾①以为兵，几至百万，非有良将以御之，而谋变者辄败；聚天下财物，虽有文籍，委之府史②，非有能吏以钩考③，而断盗者辄发；凶年饥岁，流者填道，死者相枕，而寇攘④者辄得，此赏重而信之效也。

----

①猾：狡也；黠也。　　②府史：犹今之书吏也。　　③钩考：犹核算也。　　④攘：窃也。

大臣贵戚、左右近习莫能大擅威福，广私货赂，一有奸慝①，随辄上闻；贪邪横猾，虽间或见用，未尝得久，此纳用谏官、御史，公听并观，而不蔽于偏至之谗之效也。

----

①慝（tè）：邪念也。

　　自县令、京官以至监司、台阁①，升擢之任，虽不皆得人，然一时之所谓才士，亦罕蔽塞而不见收举者，此因任众人之耳目，拔举疏远，而随之以相坐之法之效也。

----

①台阁，《后汉书》："光武皇帝政不任下，虽置三公，事归台阁。"谓尚书台出纳诏命，实有宰辅之权也。后世称阁臣曰台阁，本此。

　　升遐①之日，天下号恸，如丧考妣②，此宽、仁、恭、俭，出于自然，忠、恕、诚、慝，终始如一之效也。

----

①升遐：谓天子崩也。　　②考妣：父母已死之称。

　　然本朝累世因循末俗之弊，而无亲友、群臣之议；人君朝夕与处，不过宦官、女子，出而视事，又不过有司之细故，未尝如古大有为之君，与学士、大夫讨论先王之法，以措之天下也。一切因任自然之理势，而精神之运有所不加，名实之间有所不察。君子非不见贵，然小人确亦得厕①其间。正论非不见容，然邪说亦有时而用。以诗赋记诵求天下之士，而无学校养民之法；以科名资历②叙朝廷之位，而无官司课试之方。监司无检察之人，守将非选择之吏。转徙之亟，既难于考绩，而游谈之众，因得以乱真。交私养望者多得显官，独立营职者或见排沮。故上下偷惰取容而已，虽有能者在职，亦无以异于庸人。农民坏于徭役，而未尝特见救恤；又不为之设官，以修其水土之利。兵士杂于疲老，而未尝申敕训练；又不为之择将，而久其疆埸之权。宿卫则聚卒伍无赖之人，而未有以变五代姑息羁縻③之俗。宗室④则无教训选举之实，而未有以合先王亲疏隆杀⑤之宜。其于理财，大抵无法。故虽俭约而民不富，虽忧勤而国不强。赖非夷狄昌炽之时，又无尧汤水旱之变，故天下无事，过于百年。虽曰人事，亦天助也。盖累圣相继，仰畏天，俯畏人，宽、仁、恭、俭，忠、恕、诚、悫，此其所以获天助也。

----

①厕：音测，托足其间也。　　②资历：资格履历也。
③羁縻：本所以系牛马者，此处喻牵制也。　　④宗室：皇族也。　　⑤隆杀：犹厚薄也。

　　伏惟陛下躬上圣之质，承无穷之绪，知天助之不可常恃，知人事之不可怠终，则大有为之时，正在今日。臣不敢辄废将明之义，而苟逃讳忌之诛，伏惟陛下幸赦而留神，则天下之福也。取进止。

谏 官 论

以贤治不肖，以贵治贱，古之道也。所谓贵者何也？公卿大夫是也。所谓贱者何也？士庶人是也。同是人也，或为公卿，或为士，何也？为其不能公卿也，故使之为士；为其贤于士也，故使之为公卿。此所谓以贤治不肖，以贵治贱也。

今之谏官者，天子之所谓士也，其贵则天子之三公①也。惟三公于安危、治乱、存亡之故，无所不任其责，至于一官之废，一事之不得，无所不当言，故其位在卿大夫之上，所以贵之也。其道德必称其位，所谓以贤也。至士则不然。修一官而百官之废不可以预②也。守一事而百事之失可以毋言也。称其德，副其材，而命之以位也。循其名，傔③其分，以事其上而不敢过也。此君臣之分也，上下之道也。今命之以士，而责之以三公。士之位而受三公之责，非古之道也。孔子曰："必也正名乎！"正名也者，所以正分也。然且为之，非所谓正名也。身不能正名，而可以正天下之名者，未之有也。

----

①三公：各代不同。《书》："立太师、太傅、太保。"此

周之三公也。西汉以大司马、大司徒、大司空为三公。东汉以太
尉、司徒、司空为三公。　　②预：参与也。　　③傃：向也，
循也。

　　蚳蛙为士师①，孟子曰："似也，为其可以言也。"蛙
谏于王而不用，致为臣而去。孟子曰："有言责者不得其言
则去；有官守者不得其职则去。"然则有官守者莫不有言
责，有言责者莫不有官守。士师之谏于王是也。其谏也，盖
以其官而已矣，是古之道也。古者官师相规，工执艺事以
谏。其或不能谏，谓之不恭，则有常刑。盖自公卿至于百
工，各以其职谏，则君孰与为不善？

----

　　①蚳蛙：战国时人名，仕于齐。士师：官名，《周礼》秋官
之属，主察狱讼之事，列国亦置之。

　　自公卿至于百工，皆失其职，以阿①上之所好，则谏官
者，乃天下之所谓士耳，吾未见其能为也。待之以轻，而要
之以重，非所以使臣之道也。其待己也轻，而取重任焉，非
所以事君之道也。不得已，若唐之太宗，庶乎其或可也。虽
然，有道而知命者，果以为可乎？未之能处也。唐太宗之
时，所谓谏官者，与丞弼②俱进于前。故一言之谬，一事之
失，可救之于将然，不使其命已布于天下，然后从而争之
也。君不失其所以为君，臣不失其所以为臣，其亦庶乎其近

古也。

----

①阿：比也，瞻徇也。　②丞弼：辅弼也，谓天子之左右大臣也。

今也上之所欲为，丞弼所以言于上，皆不得而知也。及其命之已出，然后从而争之。上听之而改，则是士制命而君听也；不听而遂行，则是臣不得其言而君耻过也。臣不得其言，士制命而君听，二者上下所以相悖而否乱之势也。然且为之，其亦不知其道矣。及其谆谆①而不用，然后知道之不行，其亦辨之晚矣。

----

①谆谆：忠谨貌。

或曰："《周官》①之师氏、保氏②、司徒之属，而大夫之秩也。"曰："尝闻周公为师，而召公为保矣③。周官则未之学也。"

----

①《周官》：书名，即《周礼》，周公居摄以后所作，拟周室之官制，书而未实行者。　②师氏、保氏：均官名。《周礼》地官之属，掌以三德三行教国子。　③周公为师，召公为保：本郑康成说，谓师氏、保氏，即太师、太保，引《书·序》周公为师，召公为保作证。

伯 夷 论

　　事有出于千世之前，圣贤辩之，甚详而明，然后世不深考之，因以偏见独识，遂以为说，既失其本，而学士大夫共守之不为变者，盖有之矣。伯夷①是已。

----

①伯夷：人名，殷孤竹君之子。

　　夫伯夷，古之论有孔子、孟子焉。以孔、孟之可信而又辩之，反复不一，是愈益可信也。孔子曰："不念旧恶，求仁而得仁，饿于首阳①之下，逸民②也。"孟子曰："伯夷非其君不事，不立恶人之朝，避纣居北海之滨，目不视恶色，不事不肖，百世之师也。"故孔、孟皆以伯夷遭纣之恶，不念以怨，不忍事之以求其仁，饿而避，不自降辱③，以待天下之清，而号为圣人耳。然则司马迁④以为武王伐纣，伯夷叩马而谏，天下宗周而耻之，义不食周粟，而为《采薇》之歌⑤；韩子⑥因之，亦为之颂⑦，以为微二子，乱臣贼子，接迹于后世，是大不然也。

----

①首阳：山名。载籍相传有四处：一说在山西永济，一说在

河北迁安，一说在河南偃师，一说在甘肃渭源。　　②逸民：遁世隐居之人也。　　③降辱：降志辱身也。　　④司马迁：汉人，字子长，生于龙门，作《史记》。　　⑤《采薇》之歌：见《史记》，其辞曰："登彼西山兮，采其薇矣。以暴易兮，不知其非矣。神农、虞、夏忽焉没兮，我安适归矣？于嗟徂兮，命之衰矣！"　　⑥韩子：谓唐韩愈也。　　⑦韩愈著有《伯夷颂》。

　　夫商衰，而纣以不仁残天下，天下孰不病纣，而尤①者，伯夷也。尝与太公②闻西伯善养老，则往归焉。当是之时，欲夷③纣者，二人之心，岂有异邪？及武王一奋，太公相之，遂出元元于涂炭之中，伯夷乃不与，何哉？盖二老所谓天下之大老，行年八十余，而春秋固已高④矣。自海滨而趋文王之都，计亦数千里之远。文王之兴，以至武王之世，岁亦不下十数。岂伯夷欲归西伯，而志不遂，乃死于北海邪？抑来而死于道路邪？抑其至文王之都，而不足以及武王之世而死邪？如是而言伯夷，其亦理有不存者也。

----

①尤：甚也。　　②太公：即太公望，姜姓吕氏，名尚，周初贤臣。　　③夷：平也，灭也。　　④春秋已高：谓年龄已老也。

　　且武王倡大义于天下，太公相而成之，而独以为非，岂伯夷乎？天下之道二：仁与不仁也。纣之为君，不仁也；武王之为君，仁也。伯夷固不事不仁之纣，以待仁而后出。武王之仁焉，又不事之，则伯夷何处乎？余故曰："圣贤辩之甚明，而后世偏见独识者之失其本也。"呜呼！使伯夷之不死，以及武王之时，其烈岂独太公哉？

三圣人论

孟子曰："可欲之谓善，有诸己之谓信，充实之谓美，充实而有光辉之谓大，大而化之之谓圣。"圣之为名，道之极、德之至也。非礼勿动，非礼勿言，非礼勿视，非礼勿听，此大贤者之事也。贤者之事如此，则可谓备矣，而犹未足以钻圣人之坚，仰圣人之高①。以圣人观之，犹太山②之于冈陵，河海之于陂泽。然则圣人之事，可知其大矣。《易》曰："与天地合其德，与日月合其明，与鬼神合其吉凶。"此盖圣人之事也。德苟不足以合于天地，明苟不足以合于日月，吉凶苟不足以合于鬼神，则非所谓圣人矣。

----

①钻圣人之坚，仰圣人之高，意本《论语》颜回赞孔子语："钻之弥坚，仰之弥高。" ②太山：即泰山，在今山东泰安北。

孟子论伯夷、伊尹①、柳下惠②，皆曰圣人也。而又曰："伯夷隘③，柳下惠不恭④。隘与不恭，君子不由也。"夫动、言、视、听苟有不合于礼者，则不足以为大贤人。而圣人之名，非大贤人之所得拟也⑤，岂隘与不恭者所得僭哉⑥?

①伊尹：名挚，商之贤相。　②柳下惠：春秋时鲁人。
③隘：狭也。　④不恭：不敬也，犹言随便。　⑤拟：比
也，相似也。　⑥僭：假也，拟也，谓在下者之假借比拟其上
也。

　　盖闻圣人之言行，不苟而已，将以为天下法也。昔者伊
尹制其行于天下曰："何事非君？何使非民？治亦进，乱亦
进。"而后世之士，多不能求伊尹之心者，由是多进而寡
退，苟得而害义。此其流风末俗之弊也。圣人患其弊，于是
伯夷出而矫①之，制其行于天下曰："治则进，乱则退。非
其君不事，非其民不使。"而后世之士，多不能求伯夷之心
者，由是多退而寡进，过廉而复刻。此其流风末世之弊也。
圣人又患其弊，于是柳下惠出而矫之，制其行于天下曰：
"不羞污君，不辞小官。遗佚②而不怨，厄穷③而不悯。"
而后世之士，多不能求柳下惠之心者，由是多污而寡洁，恶
异而尚同。此其流风末世之弊也。

①矫：改正也。　②遗佚：不见用于时也。　③厄穷：
阻塞而困穷也。

　　此三人者，因时之偏而救之，非天下之中道也，故久必
弊。至孔子之时，三圣人之弊，各极于天下矣。故孔子集其

行，而制成法于天下曰："可以速则速，可以久则久，可以仕则仕，可以处则处。"然后圣人之道大具，而无一偏之弊矣。其所以大具而无弊者，岂孔子一人之力哉？四人者相为终始也。

故伯夷不清，不足以救伊尹之弊；柳下惠不和，不足以救伯夷之弊。圣人之所以能大过人者，盖能以身救弊于天下耳。如皆欲为孔子之行，而忘天下之弊，则恶在其为圣人哉？是故使三人者，当孔子之时，则皆足以为孔子也。然其所以为之清，为之任，为之和者，时耳。岂滞①于此一端而已乎？苟在于一端而已，则不足以为贤人也，岂孟子所谓圣人哉？孟子之所谓"隘与不恭，君子不由"者，亦言其时尔。且夏之道岂不美哉？而殷人以为野。殷之道岂不美哉？而周人以为鬼。所谓隘与不恭者，何以异于是乎？

----

①滞：凝聚而不流通也。

当孟子之时，有教孟子枉尺直寻①者，有教孟子权以援天下②者，盖其俗有似于伊尹之弊时也。是以孟子论是三人者，必先伯夷，亦所以矫天下之弊耳。故曰："圣人之言行，岂苟而已，将以为天下法也！"

----

①枉尺直寻：言小屈而大伸也。　②权以援天下，意本《孟子》。淳于髡曰："男女授受不亲，礼与？"孟子曰："礼

也。"曰:"嫂溺则援之以手乎?"曰:"嫂溺不援,是豺狼也。男女授受不亲礼也,嫂溺援之以手者权也。"曰:"今天下溺矣,夫子之不援,何也?"

周 公 论

甚哉！荀卿①之好妄也！载周公之言曰："吾所执贽②而见者十人，还贽而相见者三十人，貌执③者百有余人，欲言而请毕事千有余人。"是诚周公之所为，则何周公之小也？

----

①荀卿：名况，战国时赵人。 ②贽：初见时所执物也，今谓之"见面礼"。 ③貌执：以礼貌接待之也。

夫圣人为政于天下也，初若无为于天下，而天下卒以无所不治者，其法诚修也。故三代之制，立庠于党①，立序于遂②，立学于国，而尽其道以为养贤、教士之法。是士之贤虽未及用，而固无不见尊养者矣。此则周公待士之道也。诚若荀卿之言，则春申③、孟尝④之行，乱世之事也。岂足为周公乎？

----

①党：五百家也。 ②遂：远郊之地也。 ③春申：战国楚相黄歇封号。相楚二十余年，食客三千余人，其上客皆蹑珠履。 ④孟尝：战国时齐之公族，名文，姓田氏，封于薛，孟

尝君其称号也。相齐，招致贤士，食客数千人。

　　且圣世①之士，各有其业。讲道，习艺，患日之不足，岂暇游公卿之门哉？彼游公卿之门，求公卿之礼者，皆战国②之奸民，而毛遂、侯嬴③之徒也。荀卿生于乱世，不能考论先王之法，著之天下，而惑于乱世之俗，遂以为圣世之事，亦若是而已，亦已过也。

----

①圣世：至治之世也。　　②战国：时代名，列国战争，故曰战国。周威烈王二十三年，韩、魏、赵三家分晋，与秦、楚、齐、燕共为七国，自后至秦并六国，其间皆为战国。　　③毛遂：战国时赵平原君之食客。初无所表见，秦攻赵，平原君求救于楚，遂偕行。平原君与楚王言合从，日中不决，遂按剑劫楚王，定从约归。侯嬴：战国魏之隐士。年七十，家贫，为夷门监者。信陵君置酒大会，宾客尽至，驾车自迎侯生，引之上坐，宾客皆惊。后秦围赵，求援，嬴荐朱亥于信陵君，击杀晋鄙——魏将，奉命救赵，不敢进兵——进兵却秦存赵。

　　且周公之所礼者，大贤与①，则周公岂唯执贽见之而已，固当荐之天子，而共天位②也。如其不贤，不足与共天位，则周公如何其与之为礼也。子产听郑国之政③，以其乘舆济人于溱、洧④。孟子曰："惠而不知为政。"盖君子之为政，立善法于天下，则天下治；立善法于一国，则一国治。如其不能立法，而欲人人悦之，则日亦不足矣。使周公知为政，则宜立学校之法于天下矣。不知立学校，而徒能劳身以待天下之士，则不唯力有所不足，而势亦有所不得也。

----

①与：同"欤"。　　②天位：朝廷之爵禄也。　　③子产：春秋郑大夫公孙侨之字也。博学多闻，长于政治。郑国：春秋时诸侯之一。　　④乘舆：所乘之车也。溱：水名，发源河南新密，流入贾鲁河。洧：水名，发源河南登封，亦流入贾鲁河。

或曰："仰禄之士犹可骄，正身之士不可骄也。"夫君子之不骄，虽暗室不敢自慢，岂为其人之仰禄而可以骄乎？

呜呼！所谓君子者，贵其能不易乎世也。荀卿生于乱世，而遂以乱世之事量圣人。后世之士，尊荀卿以为大儒而继孟子者，吾不信矣。

礼　论

嗚呼！荀卿之不知礼也！其言曰："圣人化性而起伪。"①吾是以知其不知礼也。知礼者，贵乎知礼之意，而荀卿盛称其法度、节奏之美，至于言化，则以为伪也，亦乌知礼之意哉？故礼始于天而成于人，知天而不知人则野，知人而不知天则伪。圣人恶其野而疾②其伪，以是礼兴焉。今荀卿以谓圣人之化性为起伪，则是不知天之过也。

----

①圣人化性而起伪：意谓圣人对人民实行了教化，虚伪也就随之而生。　②野：鄙俗。疾：恶也，恨也。

然彼亦有见而云尔。凡为礼者，必诎其放傲①之心，逆其嗜欲②之性。莫不欲逸，而为尊者劳；莫不欲得，而为长者让。擎跽曲拳③以见其恭。夫民之于此，岂皆有乐之之心哉？患上之恶己，而随之以刑也。故荀卿以为特劫之法度之威，而为之于外尔。此亦不思之过也。

----

①放傲：放肆而骄傲也。　②嗜欲：嗜好也。　③擎跽曲拳：谓行跪拜之礼。

　　夫斲木①而为之器，服马②而为之驾，此非生而能者也。故必削之以斧斤，直之以绳墨，圆之以规③，而方之以矩④，束联胶漆之，而后器适于用焉。前之以衔勒⑤之制，后之以鞭策之威，驰骤舒疾，无得自放，而一听于人，而后马适于驾焉。由是观之，莫不劫之于外，而服之以力者也。然圣人舍木而不为器，舍马而不为驾者，固亦因其天资之材也。今人生而有严父、爱母之心，圣人因其性之欲而为之制焉。故其制虽有以强人，而乃以顺其性之欲也。圣人苟不为之礼，则天下盖将有慢其父而疾其母者矣。此亦可谓失其性也？得性者以为伪，则失其性者，乃可以为真乎？此荀卿之所以为不思也。

----

　　①斲（zhuó）木：砍木也。　　②服马：驯服马也。③规：画圆之器也。　　④矩：画方之器也。　　⑤衔勒：马勒口，所以制驭马之行止者也。

　　夫狙①猿之形，非不若人也。欲绳之以尊卑，而节之以揖让，则彼有趋于深山大麓而走耳。虽畏之以威而驯之以化，其可服邪？以谓天性无是而可以化之使伪耶？则狙猿亦可使为礼矣。故曰："礼始于天而成于人。"天则无是，而人欲为之者，举天下之物，吾盖未之见也。

----

　　①狙：猿属。

原　过

　　天有过乎？有之，陵、历、斗、蚀①是也。地有过乎？有之，崩弛、竭塞②是也。天地举③有过，卒不累覆且载④者何？善复常也。人介乎天地之间，则固不能无过，卒不害圣且贤者何？亦善复常也。故太甲思庸⑤，孔子曰勿惮改过，扬雄贵迁善⑥，皆是术也。

----

　　①陵、历、斗、蚀：句出《前汉书·天文志》。韦昭注："经之为历，突掩为陵，星相击为斗，亏败曰蚀。"　　②崩弛：谓山脉坏而废也。竭塞：谓河流竭而塞也。　　③举：皆也。　　④覆且载：谓天覆而地载也。　　⑤太甲思庸，意本《书·序》："太甲既立，不明，伊尹放诸桐。三年复归于亳，思庸。伊尹作《太甲》三篇。"太甲：太丁之子也。庸：常道也。　　⑥扬雄贵迁善，意本《法言》："是以君子贵迁善。迁善也者，圣人之徒欤？"

　　予之朋，有过而能悔，悔而能改，人则曰："是向之从事云尔。今从事与向之从事弗类，非其性也，饰表以疑世也。"夫岂知言哉？

天播五行于万灵，人固备而有之。有而不思则失，思而不行则废。一日咎前之非，沛然思而行之，是失而复得，废而复举也。顾曰非其性，是率天下而戕性①也。

----

①戕：贼也，害也。戕性：犹言贼害本性也。

且如人有财，见篡①于盗，已而得之，曰："非夫人之财，向篡于盗矣。"可欤？不可也。财之在己，固不若性之为己有也。财失复得，曰非其财且不可。性失复得，曰非其性可乎？

----

①篡：夺取也。

进　说

古之时，士之在下者无求于上；上之人，日汲汲惟恐一士之失也。古者士之进，有以德，有以才，有以言，有以曲艺①。今徒不然，自茂才等而下之。至于明法，其进退之皆有法度。古之所谓德者、才者，无以为也。古之所谓言者，又未必应今之法度也。诚有豪杰不世出之士，不自进乎此，上之人弗举也。诚进乎此，而不应今之法度，有司弗取也。夫自进乎此，皆所谓枉己者也。孟子曰："未有枉己能正人者也。"然而今之士，不自进乎此者未见也。岂皆不如古之士，自重以有耻乎？

----

①曲艺：技能之小者也。

古者井①天下之地而授之氓②。士之未命也，则授一廛③而为氓。其父母、妻子裕如④也。自家达国，有塾，有序，有庠，有学，观游止处，师师友友，弦歌尧、舜之道自乐也。磨砻镌切⑤，沉浸灌养，行完而才备，则曰："上之人其舍我哉？"上之人其亦莫之能舍也。

今也地不井，国不学，党不庠，遂不序，家不塾。士之未命也，则或无以裕父母、妻子，无以处行完而才备。上之人亦莫之举也，士安得而不自进？呜呼！使今之士不若古，非人则然，势也！势之异，圣贤之所以不得同也。孟子不见王公，而孔子为季氏吏⑥，未不以势乎哉？

---

①井天下之地：谓以井田之法划分天下之地也。　②氓：民也。　③廛（chán）：一户平民所住的房屋。　④裕如：宽舒貌。　⑤磨砻镌切：磨砺切磋。　⑥孔子为季氏吏，《史记·孔子世家》："孔子贫且贱，及长，尝为季氏吏，料量平。"

士之进退，不惟其德与才，而惟今之法度。而有司之好恶，未必今之法度也。是士之进，不惟今之法度，而几在有司之好恶耳。今之有司，非昔之有司也。后之有司，又非今之有司也。有司之好恶岂常哉？是士之进退，果卒无所必①而已矣。噫！以言取人，未之失也；取焉而又不得其所谓言，是失之失也！况又重以有司好恶之不可常哉？古之道，其卒不可以见乎士也！有得已之势，其得不已乎？得已而不已，未见其为有道也。

杨叔明之兄弟，以父任皆京官，其势非吾所谓无以处无以裕父母妻子，而有不得已焉者也。自枉而为进士，而又枉于有司，而又若不释然。二君固常自任以道，而且朋友我矣，惧其犹未寤也，为《进说》与之。

----

①卒无所必：意谓士子的进取，最终总无法找到一个恒定的尺度。

复 仇 解

或问复仇，对曰："非治世之道也。明天子在上，自方伯①、诸侯以至于有司，各修其职，其能杀不辜②者少矣。不幸而有焉，则其子弟以告于有司；有司不能听，以告于其君；其君不能听，以告于方伯；方伯不能听，以告于天子；则天子诛其不能听者，而为之施刑于其仇。乱世则天子、诸侯、方伯皆不可以告。故《书》说纣曰：'凡有辜罪，乃罔恒获。小民方兴，相为敌仇。'③盖仇之所以兴，以上之不可告，辜罪之不常获也。方是时，有父兄之仇而辄杀之者，君子权其势，恕其情而与之，可也。故复仇之义，见于《春秋传》④，见于《礼记》，为乱世之为子弟者言之也。

----

①方伯：一方诸侯之长也。　②不辜：无罪也。　③句谓凡有罪之人，恒不能获之以治罪，以至小民自相仇杀也。④《春秋传》：传《春秋》者有公羊、谷梁、左氏三家。

"《春秋传》以为父受诛①，子复仇，不可也。此言不敢以身之私而害天下之公。又以为父不受诛②，子复仇可也。此言不以有可绝之义，废不可绝之恩也。《周官》之说曰：'凡复仇者，书于士，杀之无罪。'③疑此非周公之法也。凡所以有复仇者，以天下之乱，而士之不能听也。有士矣，不使听其杀人之罪以施行，而使为人之子弟者仇之，然则何取于士而禄之也？古之于杀人，其听之可谓尽矣，犹惧其未也，曰：'与其杀不辜，宁失不经。'④今书于士则杀之无罪，则所谓复仇者，果所谓可仇者乎？庸讵⑤知其不独有可言者乎？就当听其罪矣，则不杀于士师⑥，而使仇者杀之，何也？故疑此非周公之法也。"

---

①父受诛：犹言父罪当诛也。　②父不受诛：犹言父罪不当诛也。　③语出《周礼》注。士：士师也。谓同国不相避者，将报之，必先言之于士也。　④语出《尚书》，谓与其杀无罪者，宁失之不按照法律办也。　⑤庸讵：安也，岂也。⑥士师：上古掌禁令刑狱的官。

或曰："世乱而有复仇之禁，则宁杀身以复仇乎？将无复仇而以存人之祀乎！"

曰："可以复仇而不复，非孝也。复仇而殄祀①，亦非孝也。以仇未复之耻，居之终身焉，盖可也。仇之不复者，天也。不忘复仇者，己也。克己以畏天，心不忘其亲，不亦可矣。"

---

①殄：灭。殄祀：即"殄世"，断绝后世子孙。

《周礼义》序

士弊于俗学①久矣，圣上闵焉，以经术造之，乃集儒臣，训释厥旨，将播之校学②。而臣某实董③《周官》。

----

①俗学：世俗之学也。　　②校学：学校也。　　③董：督也。

惟道之在政事，其贵贱有位，其后先有序，其多寡有数，其迟数有时。制而用之存乎法，推而行之存乎人。其人足以任官，其官足以行法，莫盛乎成周之时。其法可施于后世，其文有见于载籍①，莫具乎《周官》之书。盖其因习以崇之，赓续②以终之。至于后世，无以复加。则岂特文、武、周公之力哉？犹四时之运，阴阳积而成寒暑，非一日也。

----

①载籍：书也。　　②赓续：继续也。

自周之衰以至于今，历岁千数百矣，太平之遗迹，扫荡几尽。学者所见，无复全经。于是时也，乃欲训而发之，臣诚不自揆，然知其难也。以训而发之之为难，则又以知夫立政造事，追而复之之为难。然窃观王者致法就功，取成于心，训迪①在位，有冯有翼②，亹亹③乎乡六服承德之世矣。以所观乎今，考所学乎古，所谓见而知之者，臣诚不自揆，妄以为庶几焉。故遂冒昧自竭，而忘其材之弗及也。谨列其书为二十有二卷④，凡十余万言，上之御府⑤，副在有司，以待制诏颁焉。谨序。

----

①训迪：教训而启迪之也。　　②冯（píng）：可为依者也。翼：可为辅者也。有冯有翼：意谓有所凭依，有所辅佐。③亹亹（wěi）：勤勉不倦貌。　　④二十二卷：《周礼》今本四十二卷，兹云二十二卷，或系安石新义另编之卷数。　　⑤御府：天子之府也。

《书义》序

熙宁①二年，臣某以《尚书》入侍②，遂与政。而子雱③实嗣讲事④，有旨为之说以献。八年，下其说太学，班⑤焉。

----

①熙宁：宋神宗年号。 ②《尚书》入侍：神宗即位，召安石为翰林学士，兼侍讲。二年，遂参知政事。此《尚书》，乃书名。 ③雱：字元泽，受诏注《诗》《书》义，擢天章阁待制，兼侍讲，寻迁龙图阁直学士，早卒。 ④讲事：指兼侍讲而言也。 ⑤班：颁行也。

惟虞、夏、商、周之遗文，更秦而几亡①，遭汉而仅存②。赖学士大夫诵说，以故不泯③。而世主莫或知其可用。天纵④皇帝大知，实始操之以验物，考之以决事，又命训其义，兼明天下后世，而臣父子以区区所闻，承乏与荣焉。然言之渊懿⑤而释以浅陋，命之重大而承以轻眇，兹荣也，祗所以为愧也欤？谨序。

----

①更秦而几亡：谓经秦始皇焚书，而虞夏商周之遗文几亡也。 ②遭汉而仅存：谓汉初，济南伏生口授晁错二十八篇，

号今文《尚书》。后鲁恭王坏孔子旧宅，壁中得竹简《尚书》。
③泯：灭也。　　④纵：肆也。天纵：犹言不可限量也。　　⑤渊
懿：深美也。

《诗义》序

　　《诗》三百十一篇，其义具存。其辞亡者，六篇而已。上既使臣雱训其辞，又命臣某等训其义。书成，以赐太学，布之天下，又使臣某为之序。谨拜手稽首言曰：

　　诗上通乎道德，下止乎礼义。放①其言之文，君子以兴焉。循其道之序，圣人以成焉。然以孔子之门人②，赐③也，商④也，有得于一言，则孔子悦而进之⑤。盖其说之难明如此，则自周衰以迄于今，泯泯纷纷⑥，岂不宜哉？

----

　　①放：依也。　　②门人：古谓再传弟子曰门人，谓受业于其门也。后世门人与弟子无别，此处门人即作弟子解。　　③赐：姓端木，字子贡。　　④商：姓卜，字子夏。　　⑤有得于一言，则孔子悦而进之：谓子贡问贫富而悟切磋琢磨，子夏问素绚而知礼后，孔子俱褒之也。　　⑥泯泯：茫茫也。纷纷：乱也。

　　伏惟皇帝陛下，内德纯茂，则神罔时恫①；外行恂②达，则四方以无侮；日就月将③，学有缉熙④于光明，则《颂》之所形容，盖有不足道也。微言奥义，既自得之，又命承学之臣，训释厥遗，乐与天下共之。顾臣等所闻，如爝火⑤

焉，岂足以赓日月之余光！姑承明制，代匮⑥而已。《传》曰："美成在久。"故《棫朴》之作人，以寿考为言⑦，盖将有来者焉。追琢其章⑧，缵⑨圣志而成之也。臣衰且老矣，尚庶几及见之。谨序。

----

①恫：痛也。　　②恂：信也。　　③将：行也。　　④缉：继续也。熙：光明也。　　⑤燡火：荧荧然小火也。　　⑥代匮：犹言承乏也。　　⑦《棫朴》：《诗·大雅》篇名。中有"周王寿考遐不作人"句。作人：谓文王培养人材也。　　⑧追琢其章：亦《棫朴》篇中句。追琢：雕琢也。意谓雕琢之使成文，喻文王之政也。　　⑨缵：继也。

读《孔子世家》①

太史公②叙帝王则曰"本纪"，公侯传国则曰"世家"，公卿特起则曰"列传"，此其例也。其列孔子为世家，奚其进退无所据邪？

----

①《史记》有《孔子世家》。　　②太史公：谓汉司马迁也。

孔子，旅人①也，栖栖②衰季③之世，无尺土之柄。此列之以传宜矣，曷为世家哉？岂以仲尼躬将圣④之资，其教化之盛，焬奕⑤万世，故为之世家以抗之？又非极挚之论也。夫仲尼之才，帝王可也，何特公侯哉？仲尼之道，世天下可也，何特世其家哉？

----

①旅人：旅客也，谓孔子周游列国，如旅客之仆仆道路也。
②栖栖：往来貌。　　③季：末也。　　④将圣：大圣也。
⑤焬奕：光耀流行貌。

处之世家，仲尼之道不从而大；置之列传，仲尼之道不从而小，而迁也自乱其例，所谓多所牴牾①者也。

----

①牴牾（dǐ wǔ）：抵触也。

读《孟尝君传》①

　　世皆称孟尝君能得士，士以故归之，而卒赖其力，以脱于虎豹之秦②。嗟乎！孟尝君特鸡鸣狗盗之雄③耳，岂足以言得士！不然，擅齐之强，得一士焉，宜可以南面④而制秦，尚何取鸡鸣狗盗之力哉？夫鸡鸣狗盗之出其门，此士之所以不至也。

----

　　①《史记》有《孟尝君列传》。　②孟尝君囚于秦，求秦昭王之爱姬为之解说。姬欲得孟尝君之白狐裘。时裘已献昭王，客有能为狗盗者，乃窃以献爱姬。既得脱，至函谷关，关法，鸡鸣出客。时未至，孟尝君不能出，客有能为鸡鸣者，一鸣，邻鸡尽鸣，孟尝君乃得出。　③雄：长也。　④南面：王天下也。

书《刺客传》①后

　　曹沫②将而亡人之城，又劫天下盟主③，管仲④因勿倍以市信一时可也。

----

　　①《史记》有《刺客列传》。　　②曹沫：春秋时鲁人，为庄公将，与齐战，三北，鲁献地于齐以和。　　③齐桓公伐鲁，鲁庄公请成，会于柯。沫以匕首劫桓公，尽反鲁之侵地。　　④管仲：春秋齐桓公之相，名夷吾。

　　予独怪智伯国士豫让①，岂顾不用其策耶？让诚国士也，曾不能逆策三晋②。救智伯之亡，一死区区，尚足校哉？其亦不欺其意者也。

----

　　①智伯：即荀瑶，为春秋时晋六卿之一。豫让：晋人。赵、魏、韩灭智氏，让变姓名，谋报仇，累刺赵襄子未成。尝曰："智伯以国士遇我，我故以国士报之。"后为赵襄子所获，自杀。　　②逆策：预料也。三晋：春秋末，韩、魏、赵三卿公晋自立为诸侯，后世因称韩、魏、赵为三晋。

　　聂政售于严仲子①，荆轲豢于燕太子丹②，此两人者，污隐困约之时，自责其身，不妄愿知，亦曰有待焉。彼挟道德以待世者，何如哉？

----

①聂政：战国轵人。严仲子与韩相侠累有隙，厚结政，使政刺侠累。政以母在不许。母死，为仲子刺杀侠累，遂自杀。

②荆轲：战国时魏人。初燕太子丹，为质于秦。既自秦亡归，怨秦王，欲报之。求得荆轲厚遇之。使荆轲刺秦王。未中，轲被杀。

书《李文公集》①后

文公非董子②，作《仕不遇赋》，惜其自待不厚。以予观之，《诗》三百，发愤于不遇者甚众。而孔子亦曰："凤鸟不至，河不出图。吾已矣夫！"③盖叹不遇也。文公论高如此，及观于史，一不得职，则诋宰相以自快④。今吾于人也，"听其言而观其行"⑤，言不可独信久矣。

---

①李文公：唐人，名翱，字习之。以进士为国子博士，史馆修撰。著有《李文公集》十八卷。　②董子：即董仲舒，汉武帝时人。　③语见《论语》。　④翱性峭鲠，仕不得显官，怫郁无所发，见宰相李逢吉，面斥其过。出为庐州刺史。　⑤语见《论语》。

虽然，彼宰相名实固有辩。彼诚小人也，则文公之发，为不忍于小人可也。为史者，独安取其怒之以失职耶？世之浅者，固好以其利心量君子，以为触宰相以近祸，非以其私则莫为也。

夫文公之好恶，盖所谓皆过其分者耳。方其不信于天下，更以推贤进善为急。一士之不显，至寝食为之不甘。盖奔走有力，成其名而后已。士之废兴，彼各有命。身非王公大人之位，取其任而私之，又自以为贤，仆仆然①忘其身之劳也，岂所谓知命者耶？记曰："道之不行，贤者过之，不肖者不及也。"②夫文公之过也，抑其所以为贤欤？

----

①仆仆然：匆促貌。　　②语见《论语》。

《灵谷诗》序

吾州①之东南，有灵谷者，江南之名山也。龙蛇之神，虎豹翚翟②之文章，梗柟豫章③竹箭④之材，皆自山出。而神林鬼冢魑魅⑤之穴，与夫仙人、释子恢诡之观，咸附托焉。至其淑灵和清之气，盘礴委积于天地之间，万物之所不能得者，乃属之于人。而处士君⑥实生其址。

----

①吾州：指临川言。临川，即今之江西抚州市临川区。②翚翟：雉羽也。 ③豫章：南方之大木也。 ④竹箭：竹之堪为箭者。 ⑤魑魅（chī mèi）：山林怪物。 ⑥处士君：荆公母舅吴蕃。

君姓吴氏，家于山阯。豪杰之望，临吾一州者，盖五六世，而后处士君出焉。其行，孝悌忠信。其能，以文学知名于时。惜乎其老矣，不得与夫虎豹翚翟之文章，梗柟豫章竹箭之材，俱出而为用于天下，顾藏其神奇，而与龙蛇杂此土以处也！

然君浩然有以自养，遨游于山川之间，啸歌讴吟，以寓其所好，终身乐之不厌，而有诗数百篇，传诵于闾里。他日出灵谷三十二篇，以属其甥曰："为我读而序之。"惟君之所得，盖有伏而不见者，岂特尽于此诗而已？虽然，观其镵①刻万物，而接之以藻缋②，非夫诗人之巧者，亦孰能至于此。

----

①镵：凿也。　②藻缋：绘画五色也。

《送李著作之官高邮》序

君之才，缙绅①多闻之。初，君眂金陵酒政②，人皆惜君不试于剧③，而沦于卑冗④。君将优为之，曰："孔子尝为乘田、委吏⑤矣，会计当而已矣，牛羊蕃而已矣。"既而又得调高邮⑥关吏，人复惜君不试于剧，而沦于卑冗。君言如初，色滋蔓⑦喜。

----

①缙绅：谓插笏带间也。古之仕者，垂绅缙笏，故称宦族曰缙绅。　②眂：同"视"。金陵：地名，今江苏江宁。眂金陵酒政：即监金陵酒政也。　③剧：繁重也。不试于剧：谓不试其才于繁重之事务也。　④卑冗：卑下而无益也。　⑤乘田：春秋时鲁小吏，掌牛羊刍牧之事者。委吏：主委积之吏也，犹今收掌粮草材料之官也。　⑥高邮：地名，今江苏高邮。⑦滋蔓：本意为草之滋长引蔓也，此处借作益解。

於戏①！今之公卿大夫，据徼乘机②，钻隙抵巇，仅不盈志。则戚戚以悲，君乃皭然反之，此蒙所以高君也。抑有猜焉，古之柄国家者，有戢景藏采③，恬处下列，拔而致之朝，使相谟谋。今岂不若古邪？奚遂君请而弗拔也？

----

①於戏：即"呜呼"。　　②据徼乘机：谓走捷径攀关系而谋求富贵。　　③戢（jí）景藏采：谓将美好的风采掩藏起来。

《送孙正之》①序

时然而然，众人也；已然而然，君子也。已然而然，非私己也，圣人之道在焉尔。夫君子有穷苦颠跌，不肯一失诎②己以从时者，不以时胜道也。故其得志于君，则变时而之道若反手③然。彼其术素④修而志素定也。时乎杨、墨，己不然者，孟轲氏而已⑤；时乎释、老，己不然者，韩愈氏而已⑥。如孟、韩者，可谓术素修而志素定也，不以时胜道也。惜也不得志于君，使真儒之效不白于当世。然其于众人也卓矣。呜呼！予观今之世，圆冠峨如⑦，大裙襜如⑧，坐而尧言，起而舜趋，不以孟、韩之心为心者，果异众人乎？

----

①孙正之：名虔，后改名侔，字少述，宋吴兴（今湖州）人。早孤，为文好古，内行孤峻，事母尽孝。母卒，不仕。尝与王安石、曾巩游，客居江淮间，屡荐皆不就。　　②诎：同“屈”。
③反手：言易也。　　④素：故也，旧也。　　⑤战国时杨朱、墨翟之学说盛行。杨朱主为我，拔一毛而利天下不为也。墨翟主兼爱，摩顶放踵，利天下为之。孟轲恶其学说之过偏，尝力非之。
⑥唐时释、老之教盛行。韩愈反对之，著论非释、老甚力。
⑦圆冠：古代儒者的装束。峨如：高耸貌。　　⑧襜如：整齐。

予官于扬①，得友曰孙正之。正之行古之道，又善为古文，予知其能以孟、韩之心为心而不已者也。夫越②人之望燕③为绝域也，北辕而首④之，苟不已，无不至。孟、韩之道去吾党，岂若越人之望燕哉？以正之之不已而不至焉，予未之信也。一日得志于吾君，而真儒之效，不白于当世，予亦未之信也。

----

①扬：州名，治今江苏扬州。　②越：地名。约当旧浙江会稽道（治宁波）。　③燕：地名。约当今河北省。　④首：向也。往也。

正之之兄官于温①，奉其亲以行，将从之，先为言以处予。予欲默，安得而默也？

----

①温：古州名，属两浙路，治所在今浙江温州。

同学一首别子固①

江之南有贤人焉，字子固，非今所谓贤人者，予慕而友之。淮之南有贤人焉，字正之，非今所谓贤人者，予慕而友之。二贤人者，足未尝相过也，口未尝相语也，辞、币②未尝相接也。其师若友，岂尽同哉？予考其言行，其不相似者，何其少也！曰："学圣人而已矣。"学圣人，则其师若友，必学圣人者。圣人之言行，岂有二哉？其相似也适然。

----

①子固：曾巩之字，宋建昌南丰（今江西南丰）人。嘉祐间举进士。著有《元丰类稿》五十卷，《隆平集》二十卷。　　②币：帛也。古人以为赠遗之物。

予在淮南，为正之道子固，正之不予疑也。还江南，为子固道正之，子固亦以为然。予又知所谓贤人者，既相似，又相信不疑也。

子固作《怀友》一首遗予，其大略欲相扳①以至乎中庸②而后已。正之盖亦尝云尔。夫安驱徐行，轥③中庸之庭，而造于其堂，舍二贤人者而谁哉？予昔非敢自必其有至也，亦愿从事于左右焉尔。辅而进之，其可也。

噫！官有守，私有系，会合不可以常也，作《同学一首别子固》，以相警且相慰云。

----

①扳：援也，引也。　　②不偏之谓"中"，不易之谓"庸"，故道德之最正当者谓之中庸。　　③辚（lìn）：车迹所至也。

度支①副使厅壁题名记

三司②副使，不书前人名姓。嘉祐③五年，尚书户部员外郎吕君冲之④，始稽之众史，而自李纮⑤已上，至查道，得其名；自杨偕⑥已上，得其官；自郭劝⑦已下，又得其在事之岁时。于是书石而镵之东壁。

----

①度支：官名，掌天下租赋物产，岁计所出而支调之，故谓之度支。宋置度支使属三司。　　②三司：宋时理财之官，即盐铁，度支，户部，三司也。　　③嘉祐：宋仁宗年号。　　④吕冲之：名景初，浙江新昌人。　　⑤李纮：字仲纲，宋州楚邱（今河南滑县）人。　　⑥杨偕：字次公，坊州中部（今陕西黄陵）人。　　⑦郭劝：字仲褒，郓州须城（今山东东平）人。

夫合天下之众者财，理天下之财者法，守天下之法者吏也。吏不良，则有法而莫守。法不善，则有财而莫理。有财而莫理，则阡陌闾巷①之贱人，皆能私取予之势，擅万物之利，以与人主争黔首②，而放其无穷之欲，非必贵强桀③大而后能。如是而天子犹为不失其民者，盖特号而已耳。虽欲食蔬、衣敝，憔悴其身，愁思其心，以幸天下之给足而安吾政，吾知其犹不得也。然则善吾法，而择吏以守之，以理天下之财，虽上古尧、舜犹不能毋以此为先急，而况于后世之纷纷乎？

----

①阡陌：田间小路，以区界田亩者，南北曰阡，东西曰陌。闾巷：犹闾里，乡里也。　　②黔首：民也。　　③桀：同"杰"。

　　三司副使，方今之大吏，朝廷所以尊宠之甚备。盖今理财之法有不善者，其势皆得以议于上而改为之，非特当守成法，奇出入，以从有司之事而已。其职事如此，则其人之贤不肖，利害施于天下如何也？观其人，以其在事之岁时，以求其政事之见于今者，而考其所以佐上理财之方，则其人之贤不肖，与世之治否，吾可以坐而得矣。此盖吕君之志也。

桂州①新城记

　　侬智高②反南方，出入十有二州。十有二州之守吏，或死，或不死，而无一人能守其州者。岂其材皆不足欤？盖夫城郭之不设，甲兵之不戒，虽有智勇，犹不能以胜一日之变也。唯天子亦以为任其罪者，不独守吏，故特推恩褒广死节，而一切贷其失职。于是遂推选士大夫所论以为能者，付之经略③，而今尚书户部侍郎余公靖④当广西焉。

- -

①桂州：宋代州名，属广南西路，治所在今广西桂林。
②侬智高：宋广源州蛮人。侬氏自唐初即世为广源州首领。唐末知傥犹州侬全福为交人所杀。其妻改适商人，生智高，冒姓侬。交人使知广源州。智高遂袭安德州，据广南，攻邕州，建国曰大南。宋皇祐五年，狄青夜度昆仑关大败之于邕州。智高走大理，广南平。后智高死于大理，函首京师。　　③经略：官名，掌一路兵民之事。　　④余公靖字安道，与欧阳修等相友善。

　　寇平之明年，蛮越接和，乃大城桂州。其方六里。其木、甓、瓦、石之材，以枚数之，至四百万有奇。用人之力，以工数之，至一十余万。凡所以守之具，无一求而有不给者焉。以至和①元年八月始作，而以二年之六月成。夫其为役亦大矣。盖公之信于民也久，而费之欲以卫其材，劳之欲以休其力，以故为是有大费与大劳，而人莫或以为勤也。

----

①至和：宋仁宗年号。

古者君臣、父子、夫妇、兄弟、朋友之礼失，则夷狄横而窥中国。方是时，中国非无城郭也，卒于陵夷、毁顿、陷灭而不救。然则城郭者，先王有之，而非所以恃而为存也。及至喟然觉悟，兴起旧政，则城郭之修也，又尝不敢以为后。盖有其患而图之无其具，有其具而守之非其人，有其人而治之无其法，能以久存而无败者，皆未之闻也。故文王之兴也，有四夷之难，则城于朔方①，而以南仲②；宣王之起也，有诸侯之患，则城于东方，而以仲山甫。此二臣之德，协于其君，于为国之本末，与其所先后，可谓知之矣。虑之以悄悄之劳，而发赫赫之名，承之以翼翼之勤，而续明明之功，卒所以攘③戎狄而中国以全安者，盖其君臣如此，而守卫之有其具也。

----

①朔方：北方也。　　②南仲：文王时之臣也。　　③攘：却也。

今余公亦以文武之材，当明天子承平日久，欲补弊立废之时，镇抚一方，修捍其民，其勤于今，与周之有南仲、仲山甫盖等矣，是宜有纪也。故其将吏相与谋而来取文，将刻之城隅，而以告后之人焉。至和二年九月丙辰，群牧判官、太常博士王某记。

芝 阁 记

祥符①时，封泰山以文天下之平②，四方以芝③来告者万数。其大吏，则天子赐书以宠嘉之，小吏若民，辄锡金帛。方是时，希世有力之大臣，穷搜而远采；山农野老，攀缘狙杙④，以上至不测之高，下至涧溪壑谷，分崩裂绝，幽穷隐伏，人迹之所不通，往往求焉。而芝出于九州四海之间，盖几于尽矣。

----

①祥符：宋真宗年号。　②封泰山：谓于泰山之上，筑土为坛以祭天，报天之功。文：去声，饰也。　③芝：菌类，有青、赤、黄、白、黑、紫多种，古以为瑞草。　④杙（yì）：小木桩也。狙杙：意本《庄子》拱把而上，求狙猴之杙者斩之。

至今上即位，谦让不德。自大臣不敢言封禅，诏有司以祥瑞告者皆勿纳，于是神奇之产，销藏委翳于蒿藜榛莽之间，而山农野老不复知其为瑞也。则知因一时之好恶，而能成天下之风俗，况于行先王之治哉？

太丘①陈君，学文而好奇。芝生于庭，能识其为芝。惜其可献而莫售也，故阁于其居之东偏，掇取而藏之。盖其好奇如此。噫！芝一也，或贵于天子，或贵于士，或辱于凡民，夫岂不以时乎哉？士之有道，固不役志于贵贱，而卒所以贵贱者，何以异哉？此予之所以叹也。

----

①太丘：故城在今河南永城市西北。

信州①兴造记

晋陵②张公治信之明年，皇祐③三年也。奸强帖柔，隐讪发舒。既政大行，民以宁息。夏六月乙亥，大水。公徙囚于高狱，命百隶戒不共，有常诛。夜漏半，水破城，灭府寺，苞民庐居。公趋谯门④，坐其下，敕吏士以桴⑤收民鳏孤老癃⑥，与所徙之囚，咸得不死。

----

①信州：地名，今江西上饶其旧治也。　②晋陵：地名，今江苏武进。　③皇祐：宋仁宗年号。　④谯门：谓门上为高楼以望远者。　⑤桴：木筏也。　⑥癃：衰弱多病。

丙子，水降。公从宾佐按行隐度，符县调富民水之所不至者，夫钱户七百八十六，收佛寺之积材一千一百三十有二。不足，则前此公所命富民出粟以赒①贫民者二十三人，自言曰："食新矣，赒可以已，愿输粟直以佐材费。"七月甲午，募人城水之所入，垣群府之缺，考监军之室，立司理之狱，营州之西北亢爽之墟以宅屯驻之师，除其故营，以时教士刺伐坐作之法，故所无也。作驿曰饶阳，作宅曰回车。筑二亭于南门之外，左曰仁，右曰智，山水之所附也。梁四十有二舟于两亭之间，以通车徒之道。筑一亭于州门之左，曰宴月吉，所以属宾也。凡为梁一，为城垣九千尺，为屋八。以楹数之，得五百五十二。自七月九日，卒九月七日，为日五十二，为夫一万一千四百二十五。中家以下，见城郭室屋之完，而不知材之所出，见徒之合散，而不见役使之及己。凡故之所有必具；其所无也，乃今有之。故其经费卒不出县官之给。公所以救灾补败之政如此，其贤于世吏远矣。

----

①赒：同"周"，接济。

今州县之灾相属，民未病灾也，且有治灾之政出焉。弛舍之不适，裒①取之不中，元奸宿豪②舞手以乘③民，而民始病。病极矣，吏乃始警然④自喜；民相与诽且笑之而不知也。吏而不知为政，其重困民多如此。此予所以哀民，而闵吏之不学也。由是而言，则为公之民，不幸而遇害灾，其亦庶乎无憾矣。十月二十日临川王某记。

----

①裒（póu）：聚也。　②元奸：犹言巨奸。宿豪：犹言一向为称霸一方之人也。　③舞手以乘民：犹言上下其手舞弊以乘民之厄也。　④警（áo）然：犹傲然，自大貌。

慈溪①县学记

天下不可一日而无政教，故学不可一日而亡于天下。古者井天下之田，而党庠、遂序、国学之法立乎其中。乡射饮酒②、春秋合乐、养老劳农、尊贤使能、考艺选言之政，至于受成、献馘、讯囚③之事，无不出于学。于此养天下智仁圣义忠和之士，以至一偏一伎一曲之学④，无所不养。而又取士大夫之材行完洁，而其施设已尝试于位而去者，以为之师。释奠、释菜⑤，以教不忘其学之所自。迁徙逼逐以勉其怠而除其恶。则士朝夕所见所闻，无非所以治天下国家之道。其服习必于仁义，而所学必皆尽其材。一日取以备公卿大夫百执事之选，则其材行皆已素定。而士之备选者，其施设亦皆素所见闻而已，不待阅习而后能者也。古之在上者，事不虑而尽，功不为而足，其要如此而已。此二帝、三王所以治天下国家而立学之本意也。

----

①慈溪：地名，今浙江慈溪。　②乡射：古以射选士，故乡士夫三年大比，献贤能之书于王，则行乡射之礼。又州长于春秋以礼会民，而射于州序，亦谓之乡射礼。饮酒：古之乡学，三年业成，必考其德行，察其道艺，而兴其贤者能者，以升于君。

将升之时，乡大夫为主人，与之饮酒而后升之，谓之乡饮酒。
③受成：《礼·王制》："天子将出征，受成于学。"注：受
成，定兵谋也。献馘（guó）：谓杀敌人而戮其左耳以献也。讯
囚：谓讯问被俘之囚也。　　　④一偏一伎一曲之学：指偏向于某
一方面的学习。六艺之不能全而求其一，即谓一偏。他若一般的
技能，即谓一伎之学。再次之，学无所成，闻十而知一，此即一
曲之学。　　　⑤释奠：置爵于神前而祭也。释菜：以芹藻之属礼
先师也。古时，始入学，皆行释菜礼，春秋二祭，皆用释奠礼。

后世无井田之法，而学亦或存或废。大抵所以治天下国
家者，不复皆出于学。而学之士群居、族处，为师弟子之位
者，讲章句、课文字而已。至其陵夷①之久，则四方之学
者，废而为庙，以祀孔子于天下，斲木抟土，如浮屠②、道
士法，为王者象。州县吏春秋帅其属，释奠于其堂，而学士
者或不预焉。盖庙之作出于学废，而近世之法然也。

----

①陵夷：衰颓，败落。　　　②浮屠："佛陀"之异译。佛教
为佛所创，因称佛教曰浮屠。

今天子①即位若干年，颇修法度，而革近世之不然者。
当此之时，学稍稍立于天下矣。犹曰州之士满二百人，乃得
立学。于是慈溪之士不得有学，而为孔子庙如故。庙又坏不
治。今刘君在中言于州，使民出钱，将修而作之，未及为而
去，时庆历某年也。

- - - - - - - - - - - - - - - - - - - -

①今天子：谓宋仁宗也。

后林君肇至，则曰："古之所以为学者，吾不得而见，而法者，吾不可以毋循也。虽然，吾之人民于此，不可以无教。"即因民钱作孔子庙，如今之所云，而治其四旁为学舍，讲堂其中。帅县之子弟，起先生杜君醇①为之师，而兴于学。噫！林君其有道者耶！夫吏者，无变今之法，而不失古之实，此有道者之所能也。林君之为，其几于此矣。

- - - - - - - - - - - - - - - - - - - -

①杜醇：慈溪人，号大隐先生。

林君固贤令，而慈溪小邑，无珍产、淫货，以来四方游贩之民；田桑之美，有以自足，无水旱之忧也。无游贩之民，故其俗一而不杂。有以自足，故人慎刑而易治。而吾所见其邑之士，亦多美茂之材，易成也。杜君者，越之隐君子，其学行宜为人师者也。夫以小邑得贤令，又得宜为人师者为之师，而以修醇一易治之俗，而进美茂易成之材，虽拘于法，限于势，不得尽如古之所为，吾固信其教化之将行，而风俗之成也。

夫教化可以美风俗，虽然，必久而后至于善。而今之吏其势不能以久也。吾虽喜且幸其将行，而又忧夫来者之不吾继也，于是本其意以告来者。

扬州龙兴讲院记

予少时，客游金陵，浮屠慧礼者从予游。予既吏淮南，而慧礼得龙兴佛舍，与其徒日讲其师之说。尝出而过焉，庳屋①数十椽，上破而旁穿。侧出而视后，则榛棘出入，不见垣端。指以语予曰："吾将除此而宫之。虽然，其成也，不以私吾后，必求时之能行吾道者付之。愿记以示后之人，使不得私焉。"

当是时，礼方丐食饮以卒日，视其居枵然②。余特戏曰："姑成之，吾记无难者。"

------

①庳：同"卑"。　　②枵（xiāo）然：空虚也。

后四年，来曰："昔之所欲为，凡百二十楹，赖州人蒋氏之力，既皆成，盍有述焉。"噫！何其能也！

盖慧礼者，予知之，其行谨洁，学博而才敏，而又卒之以不私，宜成此不难也。

今夫衣冠而学者，必曰自孔氏。孔氏之道易行也，非有苦身窘形，离性禁欲，若彼之难也。而士之行可一乡，才足一官者常少，而浮屠之寺庙被四海，则彼其所谓材者，宁独礼耶？以彼之材，由此之道，去至难而就甚易，宜其能也。呜呼！失之此而彼得焉，其有以也夫！

扬州新园亭记

诸侯宫室台榭，讲军实，容俎豆①，各有制度。扬，古今大都，方伯所治处。制度狭庳，军实不讲，俎豆无以容，不以逼诸侯哉？宋公②至自丞相府③，化清事省，喟然有意其图之也。

----

①俎豆：古祭器。　②宋公：谓宋庠也。庠于宋仁宗宝元中参知政事，与宰相吕夷简论不合，凡庠与善者，夷简悉指为朋党出之。庠乃知扬州。　③至自丞相府：因宋庠当时由参知政事出知扬州。宋制，参知政事，职下于丞相一等，丞相之副贰也。

今太常刁君，实集其意。会公去镇郓①，君即而考之。占府乾隅，夷茀而基，因城而垣，并垣而沟。周六百步，竹万个覆其上。故高亭在垣东南，循而西三十轵②，作堂曰"爱思"，道僚吏③之不忘宋公也。堂南北向，袤④八筵，广六筵。直北为射埻⑤，列树八百本，以翼其旁。宾至而享，吏休而宴，于是乎在。又循而西十有二轵，作亭曰"隶武"，南北向，袤四筵，广如之，埻如堂，列树以向。岁时教士战射、坐作之法，于是乎在。始庆历二年十二月某日，凡若干日卒功云。

---

①郓（yùn）：治今山东东平。　②轫（yuè）：车辕端所以持衡者。此处即以车辕两端间之距离为长短之量也。③僚：同“官”也。　④袤：南北曰袤。　⑤埒（liè）：谓作短垣绕之。

初宋公之政，务不烦其民。是役也，力出于兵，材资于宫之饶，地瞰于公宫之隙，成公志也。

噫！扬之物与监①，东南所规仰，天子宰相所垂意而选，继乎宜有若宋公者，丞乎宜有若刁君者，金石可弊，此无废已。

---

①物与监：指建筑的规模和形制。

游褒禅山①记

　　褒禅山亦谓之华山，唐浮图慧褒始舍于其址，而卒葬之，以故其后名之曰"褒禅"。今所谓慧空禅院者，褒之庐冢②也。距其院东五里，所谓华阳洞者，以其乃华山之阳名之也。距洞百余步，有碑仆道，其文漫灭，独其文犹可识，曰"花山"。今言"华"如"华实"之"华"者，盖音谬也。其下平旷，有泉侧出，而记游者甚众，所谓前洞也。由山以上五六里，有穴窈然③，入之甚寒。问其深，则其好游者不能穷也。谓之后洞。余与四人拥火④以入。入之愈深，其进愈难，而其见愈奇。有怠而欲出者，曰："不出火且尽。"遂与之俱出。

----

　　①褒禅山：在安徽含山县北十五里。　　②庐冢：屋庐及坟墓也。　　③窈然：暗貌。　　④拥：持也。拥火：持火也。

　　盖予所至，比好游者尚不能十一，然视其左右，来而记之者已少。盖其又深，则其至又加少矣。方是时，予之力尚足以入，火尚足以明也。既其出，则或咎其欲出者，而予亦悔其随之，而不得极夫游之乐也。

于是予有叹焉。古人之观于天地、山川、草木、虫鱼、鸟兽往往有得，以其求思之深而无不在也。夫夷以近，则游者众；险以远，则至者少。而世之奇伟、瑰怪、非常之观，常在于险远，而人之所罕至焉。故非有志者，不能至也。有志矣，不随以止也，然力不足者，亦不能至也。有志与力，而又不随以怠，至于幽暗、昏惑，而无物以相①之，亦不能至也。然力足以至焉而不至，于人为可讥，而在己为有悔。尽吾志也，而不能至者，可以无悔矣。其孰能讥之乎？此予之所得也。

----

①相：助也，辅也。

余于仆碑，又以悲夫古书之不存，后世之谬其传，而莫能名者，何可胜道也哉！此所以学者不可以不深思而慎取之也。

四人者：庐陵①萧君圭君玉、长乐②王回深父、余弟安国平父、安上纯父。至和元年七月某日，临川王某记。

----

①庐陵：今江西吉安。　　②长乐：今福建长乐。按《宋史·儒林传》谓王回为侯官人。侯官，今福州。

伤 仲 永

　　金溪①民方仲永，世隶耕②。仲永生五年，未尝识书具③，忽啼求之。父异焉，借旁近与之，即书诗四句，并自为其名。其诗以养父母、收族为意，传一乡秀才观之。自是指物作诗立就，其文理皆有可观者。邑人奇之，稍稍宾客其父④，或以钱币丐⑤之。父利其然也，日扳仲永环谒⑥于邑人，不使学。

----

　　①金溪：今江西金溪。　　②隶：属也。隶耕：犹言属于农夫一类也。　　③书具：谓笔墨纸砚之类也。　　④宾客其父：谓以宾客之礼待其父也。　　⑤丐：与也。　　⑥环谒：犹言遍谒也。

　　予闻之也久，明道①中，从先人②还家，于舅家见之，十二三矣。令作诗，不能称前时之闻。又七年，还自扬州，复到舅家问焉。曰："泯然③众人矣。"

----

　　①明道：宋仁宗年号。　　②先人：亡父也。介甫之父名益。　　③泯然：无闻也。

　　王子曰："仲永之通悟受之天也。其受之天也，贤于材人远矣。卒之为众人，则其受于人者不至也。彼其受之天也，如此其贤也，不受之人，且为众人。今夫不受之天，固众人，又不受之人，得为众人而已耶？"

与祖择之①书

治教政令，圣人之所谓文也。书之策②，引而被之天下之民，一也。圣人之于道也，盖心得之。作而为治教政令也，则有本末先后，权势制义，而一之于极③。其书之策也，则道其然而已矣。彼陋者不然。一适焉，一否焉，非流焉则泥④，非过焉则不至。甚者置其本，求之末，当后者反先之，无一焉不悖于极。彼其于道也，非心得之也。其书之策也，独能不誖耶？故书之策而善，引而被之天下之民，反不善焉，无矣。二帝、三王，引而被之天下之民而善者也。孔子、孟子书之策而善者也。皆圣人也，易地则皆然。

----

①祖择之：祖无择，字择之，上蔡（今河南上蔡西南）人。《宋史》有传。　②策：简也，连编诸简谓之策。古无纸笔，大事书之于策，小事书之于简。　③一之于极：指使人们的思想意志达到统一。极：中也，正也。　④非流焉则泥：不是流于形式，就是过于拘泥。

某生十二年而学，学十四年矣。圣人之所谓文者，私有意焉。书之策，则未也。间或悱然①动于事而出于词，以警戒其躬。若施于友朋，褊迫陋庳，非敢谓之文也。乃者执事②欲收而教之，使献焉，虽自知明，敢自盖邪？谨书所为书序原说若干篇，因叙所闻与所志，献左右③惟赐览观焉。

----

①悱然：动心貌。　　②执事：谓供使令之人也。今与人书，不敢直指其人，则称执事，敬词也。　　③左右：不斥言其人而指称其左右之侍者，敬词也。今书札中多用之。

请杜醇先生入县学书

人之生久矣。父子、夫妇、兄弟、宾客、朋友其伦也。孰持其伦？礼乐、刑政、文物、数制事为其具也。其具孰持之？为之君臣，所以持之也。君不得师，则不知所以为君；臣不得师，则不知所以为臣。为之师，所以并持之也。君不知所以为君，臣不知所以为臣，人之类，其不相贼杀以至于尽者，非幸欤？信乎其为师之重也！

古之君子，尊其身，耻在舜下。虽然，有鄙夫问焉而不敢忽，敛然后其身似不及者，有归之以师之重而不辞，曰："天之有斯道，固将公之，而我先得之。得之而不推余于人，使同我所有，非天意，且有所不忍也。"

某得县于此逾年矣，方因孔子庙为学，以教养县子弟，愿先生留听而赐临之，以为之师，某与有闻焉。伏惟先生不与古之君子者异意也，幸甚！

请杜醇先生入县学书二

惠书，何推褒之隆，而辞让之过也！仁人君子，有以教人，义不辞让，固已为先生道之。今先生过引孟子、柳宗元①之说以自辞。孟子谓"人之患，在好为人师者"，谓无诸中而为有之者，岂先生谓哉？彼宗元恶②知道？韩退之毋为师，其孰能为师？天下士将恶乎师哉？

夫谤与誉，非君子所恤③也，适于义而已矣。不曰适于义，而唯谤之恤，是薄世④终无君子。唯先生图之！示诗质而无邪，亦足见仁人之所存，甚善，甚善。

----

①柳宗元，字子厚，唐河东（今山西永济）人。文章卓绝，由进士累官监察御史，坐王叔文党贬永州司马。　　②恶（wù）：何也。　　③恤：顾忌也。　　④薄世：犹言举世。

答孙元规大资书

　　某不学无术，少孤以贱，材行无可道，而名声不闻于当世。巨公贵人之门，无可进之路，而亦不敢辄有意于求通。以故闻阁下①之名于天下之日久，而独未尝得望履舄于门②。比者得邑海上，而闻左右之别业③，实在敝境，犹不敢因是以求闻名于从者④。卒然蒙赐教督，读之茫然，不知其为愧且恐也。

----

　　①阁下：与"閤下"同。《因话录》篇："古者三公开阁，郡守比古之侯伯，亦有閤，故世俗书题有閤下之称。"今书札作阁下，即閤下也。言閤下者，不敢直斥其名，因卑达尊之意也。②望履舄于门：登门通谒之谦辞也。舄（xì）：鞋。　　③别业：谓田园之别置于他地者。　　④从者：敬词也，意与左右、执事相仿佛。

　　伏惟阁下，危言谠论①，流风善政，简在天子之心②，而讽于士大夫之口。名声之盛，位势之尊，不宜以细故，苟自贬损。今咳唾之余③，先加于新进之小生，疑左右者之误，而非阁下之本意也。以是不敢即时报谢，以忤�听，以累左右，而自得不敏之诛，顾未尝一日而忘拜赐也。

----

①危言：高峻之言。谠论：忠直之论。　②简在天子之心：谓天子知其才，特加以任命也。　③咳唾之余：即言语也。尊敬对手，不敢斥言之谦词也。　④眎：同"视"。

今兹使来，又拜教之辱，然后知阁下真有意其存之也。夫礼之有施报，自敌以下不可废。况王公大人，而先加礼新进之小生，而其报谢之礼，缺然者久之，其为非也大矣。虽聪明宽闳，其有以容而察于此，而独区区之心，不知所以裁焉。

回苏子瞻①简

　　某启：承诲谕累幅，知尚盘桓②江北，俯仰逾月，岂胜感怅！得秦君诗，手不能舍弃。致远适见，亦以为清新妩丽，与鲍、谢③似之。不知公意如何？余卷正冒眩④，尚妨细读，尝鼎一脔⑤，旨⑥可知也。公奇秦君，数口之不置。吾又获诗，手之不舍。然闻秦君尝学至言妙道，无乃笑我与公嗜好过乎？未相见，跋涉自爱⑦，书不宣悉。

----

　　①苏子瞻：苏轼也，洵之长子。有文名，著有《东坡全集》一百十五卷。　　②盘桓：不进也。　　③鲍：谓鲍照，六朝时东海人，字明远。工诗。仕宋为临海王参军，世称鲍参军。谢：谓谢朓，南北朝南齐阳夏人，字玄晖。长于五言诗。曾为宣城太守，世称谢宣城。　　④冒眩：犹言头眩。　　⑤鼎：古时食器也。脔（luán）：块切肉也。　　⑥旨：甘也。　　⑦跋：陆行也。涉：水行也。跋涉自爱：嘱子瞻路中珍重也。

答张几书

　　张君足下：某常以今之仕进，为皆诎道而信①身者。顾有不得已焉者。舍为仕进，则无以自生。舍为仕进而求其所以自生，其诎道有甚焉。此固某之亦不得已焉者。独尝为《进说》，以劝得已之士焉。得已而已焉者，未见其人也。不图今此而得足下焉。

　　足下耻为进士，贵其身而以自娱于文，而贫无以自存，此尤所以为难者。凡今于此，不可毋进谒也②。况如某，少知义道之所存乎？今者足下乃先贬损而存之，赐之书，词盛指过，不敢受而有也。惟是不敏之罪，不知所以辞，敢布左右，惟幸察之而已。

----

①信：与"伸"通。　　②读"凡今于此，不可毋进谒也"句，知张几当为鄞（yín，今属宁波）人。

上杜学士言开河书①

十月十日，谨再拜奉书运使学士阁下：某愚不更事物之变，备官节下②，以身得察于左右，事可施设，不敢因循苟简，以孤大君子推引之意，亦其职宜也。

------

①王安石知鄞县时，杜衍为河东转运使，故上此书言开河。
②节下：犹治下也。

鄞①之地邑，跨负江海，水有所去，故人无水忧。而深山、长谷之水，四面而出，沟渠、浍川，十百相通。长老言钱氏②时，置营田吏卒，岁浚治之，人无旱忧，恃以丰足。营田之废，六七十年。吏者因循，而民力不能自并。向之渠川，稍稍浅塞，山谷之水，转以入海而无所潴。幸而雨泽时至，田犹不足于水。方夏历旬不雨，则众川之涸，可立而须③。故今之邑民，最独畏旱，而旱辄连年。是皆人力不至，而非岁之咎也。

------

①鄞，地当今浙江宁波鄞州区。　　②钱氏：谓吴越国王钱氏也。　　③须：待也。

某为县于此，幸岁大穰①，以为宜乘人之有余，及其暇时，大浚治川渠，使有所潴，可以无不足水之患。而无老壮稚少，亦皆惩旱之数，而幸今之有余力，闻之翕然②皆劝，趋之无敢爱力。夫小人可与乐成，难与虑始。诚有大利，犹将强之。况其所愿欲哉？窃以为此亦执事之所欲闻也。

----

①穰：岁熟也。　　②翕然：合也，众意皆同也。

伏惟执事，聪明辨智，天下之事，悉已讲而明之矣，而又导利去害，汲汲若不足。夫此最长民之吏当致意者，故辄具以闻州。州既具以闻执事矣，顾其厝事①之详，尚不得彻②，辄复条件以闻。唯执事少留聪明，有所未安，教而勿诛③。幸甚！

----

①厝事：犹言处置其事。厝，通"措"。　　②彻：通也，达也。尚不得彻：谓尚不达于杜学士也。　　③教而勿诛：意谓希望得到转运大人的教导，而惧怕受到大人的责骂。

上杜学士书

　　窃闻受命改使河北①，伏惟庆慰。国家东西南北，地各万里，统而维之，止十八道。道数千里，而转运使独一二人。其在部中，吏无崇卑，皆得按举。虽将相大臣，气势烜赫②，上所尊宠，文书指麾，势不得恣。一有罪过，纠诘按治③，遂行不请。政令有大施舍，常咨④而后定。生民有大利害，得以罢而行之。金钱粟帛、仓庾库府、舟车漕引，凡上之人，皆须我主出。信乎是任之重也！而河北又天下之重处，左河右山，强国之与邻。列而为藩者，皆将相大臣。所屯无非天下之劲兵悍卒。以惠则恣，以威则摇。幸时无事，庙堂之上⑤，犹北顾而不敢忽。有事，虽天子其忧未尝不在河北也。

----

　　①改使河北：谓杜为河东转运使，未几，拜天章阁待制，知荆南府，未行，改河北转运使。　　②烜赫：形容声势之盛也。
③纠：参劾也。诘：问也。按治：按其罪之大小而治之也。
④咨：问也。　　⑤庙堂之上：天子之所处也。

　　今执事按临东南，无几何时，浙河东西十有五州之官吏士民①，未尽受察，便宜当行，而害之可除去者，犹未毕也。而卒然举河北以付执事，岂主上与一二股肱之臣，不惟付予必久，而后可要以效哉？且以为世之士大夫，无足寄以重，独执事为能当之耳。伏惟执事名行于天下，而材信于朝廷，而处之宜，必有补于当世。故虽某蒙恩德最厚，一日失所依据，而释然于心，不敢恨望②，唯公义之存，而忘所私焉。

----

①浙河：即今之钱塘江。　②恨望：恨怨也。

上运使孙司谏书

伏见阁下令吏民出钱购人捕盐，窃以为过矣。海旁之盐，虽日杀人而禁之，势不止也。今重诱之，使相捕告，则州县之狱必蕃，而民之陷刑者将众。无赖奸人，将乘此势，于海旁渔业之地，搔动①醯户，使不得成其业。醯户失业，则必有合而为盗，贼杀以相仇者。此不可不以为虑也。

----

①搔：同"骚"。搔动：犹骚动也。

鄞于州为大邑。某为县于此两年。见所谓大户者，其田多不过百亩，少者至不满百亩。百亩之直①，为钱百千，其尤良田，乃直二百千而已。大抵数口之家，养生送死，皆自田出。州县百须②，又出于其家。方今田桑之家，尤不可时得者，钱也。今责购而不可得，则其间必有鬻田以应责者。夫使良民鬻田，以赏无赖告讦③之人，非所以为政也。又其间必有讦州县之令，而不时出钱者，州县不得不鞭械以督之。鞭械吏民，使之出钱，以应捕盐之购，又非所以为政也。且吏治宜何所师法也？必曰古之君子。重告讦之利以败俗，广诛求之害，急较固之法④，以失百姓之心，因国家不得已之禁而又重之，古之君子，盖未有然者也。

----

①直：同"值"。　　②须：同"需"，需要也。　　③告
讦（jié）：告发也。　　④较固：垄断。

犯者不休①，告者不止，粜盐②之额，不复于旧，则购
之势，未见其止也。购将安出哉？出于吏之家而已，吏固多
贫而无有也。出于大户之家而已，大家将有由此而破产、失
职者。安有仁人在上，而令下有失职之民乎？

----

①休：止也。　　②粜（tiào）盐：卖盐也。

在上之仁人有所为，则世辄指以为师，故不可不慎也。
使世之在上者，指阁下之为此而师之，独不害阁下之义乎？
上好是物，下必有甚者，阁下之为方尔，而有司或以谓将请
于阁下，求增购赏以励①告者。故某窃以谓阁下之欲有为，
不可不慎也。

----

①励：奖励也。

天下之吏，不由先王之道而主于利，其谓所利者，又非
所以为利也，非一日之积也。公家日以窘，而民日以穷而
怨。常恐天下之势，积而不已，以至于此，虽力排之，已若

无奈何，又从而为之辞。其与抱薪救火何异？窃独为阁下惜此也。在阁下之势，必欲变今之法令，如古之为，固未能也。非不能也，势不可也。循①今之法，而无所变，有何不可，而必欲重之乎？

----

①循：由也。

伏惟阁下，常立天子之侧，而论古今所以存亡治乱，将大有为于世，而复之乎二帝、三代之隆，顾欲为而不得者也。如此等事，岂待讲说而明？今退而当财利责，盖迫于公家用调①之不足，其势不得不权事势而为此，以纾一切之急也。虽然，阁下亦过矣！非所以得财利而救一切之道。阁下于古书，无所不观。观之于书，以古已然之事验之，其易知较然，不待某辞说也。枉尺直寻而利②，古人尚不肯为，安有此而可为者乎？

----

①用调：犹言财用也。　　②枉尺直寻：损害小利益而收取大利益。

今之时，士之在下者，浸溃成俗，苟以顺从为得。而上之人亦往往憎人之言，言有忤己者，辄怒而不听之。故下情不得自言于上，而上不得闻其过，恣所欲为。上可以使下之人自言者惟阁下，其职不得不自言者，某也。伏惟留思而幸听之！文书虽已施行，追而改之，若犹愈于遂行①而不反也。干犯云云。

----

①遂：成也。遂行：犹言竟行也。

上相府书①

　　某闻古者极治之时，君臣施道，以业天下之民，匹夫、匹妇有不与其泽者，为之焦然耻而忧之。瞽、聋、侏儒，亦各得以其材食之有司。其诚心之所化，至于牛羊之践，不忍不仁于草木，今《行苇》②之诗是也。况于所得士大夫也哉？此其所以上下辑睦，而称极治之时也。

----

①《宋史》王安石友人曾巩携安石文示欧阳修。修为延誉于朝，擢进士上第，签书淮南判官。此书当于此时上。　②《行苇》：《诗·大雅》之一，四章，章八句。首章首句曰："敦彼行苇，牛羊勿践履。"

　　伏惟阁下，方以古之道施天下。而某之不肖，幸以此时窃官于朝，受命佐州，宜竭罢驽之力，毕思虑，治百姓，以副吾君吾相于设官任材、休息元元之意。不宜以私悉①上，而自近于不敏之诛。抑其势有可言，则亦阁下之所宜怜者。

----

①悉（hǔn）：忧患。

某少失先人，今大母①春秋高，宜就养于家之日久矣。徒以内外数十口，无田园以托一日之命，而取食不腆②之禄，以至于今，不能也。今去而野处，念自废于苟贱不廉之地，然后有以共裘葛，具鱼菽，而免于事亲之忧，则恐内伤先人之明，而外以累君子养完人材之德。濡忍③以不去，又义之所不敢出也。故辄上书阙下④，愿殡先人之丘冢，自托于筦库，以终犬马之养焉。

----

①大母：祖母也。　②不腆：不丰厚也。　③濡忍：谓人性湿润，则能含忍。　④阙下：谓天子宫阙之下也。

伏惟阁下，观古之所以材瞽、聋、侏儒之道，览《行苇》之仁，怜士有好修之意者，不穷之于无所据以伤其操，使老者得养，而养者虽愚无能，无报盛德，于以广仁孝之政，而曲成士大夫为子孙之谊，是亦君子不宜得已者也。黩冒威尊，不任皇恐之至。

上田正言书①

　　正言执事：某五月还家，八月抵官，每欲介②西北之邮，布一书道区区之怀，辄以事废。扬东南之吭也。舟舆至自汴③者，日十百数。因得问汴事，与执事息耗甚详。其间荐绅④道执事，介然立朝，无所跛倚，甚盛甚盛。顾犹有疑执事者，虽某亦然。某之学也，执事诲之；进也，执事奖之。执事知某，不为浅矣。有疑焉不以闻，何以偿执事之知哉？

----

　　①田正言：名况，对贤良方正策第一，尝为谏官。　　②介：因也。　　③汴：汴梁（今开封），北宋之都城也。　　④荐绅：同"缙绅"。

　　初执事坐殿庑①下，对方正策②。指斥天下利害，奋不讳忌，且曰："愿陛下行之，无使天下谓制科③为进取一涂耳。"方此时，窥执事意，岂若今所谓举方正者，猎取名位而已哉？盖曰行其志云尔。

----

　　①庑（wǔ）：堂下周屋也，亦谓之廊。　　②对策：始于

汉，汉时考试发策以问，使应试者对之，谓之对策。对方正策：
应方正科之考试也。　　③制科：经制之科是也。

　　今联谏官，朝夕耳目天子行事，即一切是非，无不可言
者，欲行其志，宜莫若此时。国之疵①、民之病，亦多矣；
执事亦抵职之日久矣。向之所谓疵者，今或痤然②若不可治
矣；向之所谓病者，今或痼然③若不可起矣。曾未闻执事建
一言瘳主上也。何向者指斥之切，而今之疏也？岂向之利于
言，而今之言不利耶？岂不免若今之所谓举方正者，猎取名
位而已邪？人之疑执事者以此。

----

①疵：病也。　　②痤然：肿貌。　　③痼然：久病貌。

　　为执事解者，或造辟①而言，诡辞②而出，疏贱之人，
奚遽知其微哉？是不然矣。《传》所谓造辟而言者，乃其言
则不可得而闻也。其言之效，则天下斯见之矣。今国之疵、
民之病，有滋而无损焉。乌所谓言之效邪？

----

①造辟而言：谓与君王秘密而言也。　　②诡辞：欺诈其辞
也。

　　复有为执事解者曰："盖造辟而言之矣，如不用何？"
是又不然。臣之事君，三谏不从则去之，礼也。执事对策

时，常用是著于篇。今言之而不从，亦当不翅①三矣。虽惓惓之义，未能自去，孟子不云乎："有言责者，不得其言则去。"盍亦辞其言责邪？执事不能自免于疑也必矣。虽坚强之辩，不能为执事解也。

- -

①翅：与"啻"同，但也。不翅：犹"不但"也。

乃如某之愚，则愿执事不矜宠利，不惮诛责，一为天下昌言，以寤主上，起民之病，治国之疵，蹇蹇①一心，如对策时，则人之疑不解自判②矣。惟执事念之！如其不然，愿赐教答。不宣。

- -

①蹇蹇：艰难忠心之貌。　　　②判：辨白也。

上郎侍郎书

某启：昔者幸以先人之故①，得望步趋②，伏蒙抚存教道，如亲子侄；而去离门墙，凡五六年，一介之使③，一书之问，不彻于隶人之听④；诚以苟礼不足报盛德，空言不能输欲报之实，顾不知执事察不察也。

----

①幸以先人之故：谓郎侍郎与安石之父相友善也。　②得望步趋：谓安石得进谒郎侍郎也。　③一介之使：谓一个使人也。介：古与"个"通。　④隶人：役使之人也。一介之使，一书之问，不彻于隶人之听：即久不通函问候之谦词也。

去年得邑海上，涂当出越，而问听之缪①，谓执事在焉。比至越，而后知车马在杭。行自念父党之尊，而德施之隆，去五六年，而一书之不进，又望门不造②；虽其心之勤企③，而欲报者犹在，而执事之见察，其可必也。且悔且恐，不知所云。辄试陈不敏之罪于左右，顾犹不敢必左右之察也。

----

①缪：与"谬"通。　②造：至也。　③企：与"跂"

通，举踵望也。

　　不图执事遽然贬损手教①，重之蜀笺、兖②墨之赐。文辞反复，意指勤过，然后知大人君子，仁恩溥博，度量之廓大如此。小人无状，不善隐度，妄自悔恐，而不知所以裁之也。一官自缀③，势不得去，欲趋而前，其路无由。唯其思报，心尚不怠。

----

　　①贬损手教：犹言辱惠手书也。　　②兖：兖州。《尔雅·释地》："济、河间曰兖州。"河，指自今河南武涉东北，流至河北沧州东北入海的古黄河。济，指黄河以南自今河南荥阳市东北，流至山东利津县东入海的古济水。　　③缀：拘也。

上曾参政①书

　　某闻古之君子立而相天下，必因其材力之所宜，形势之所安，而役使之，故人得尽其材，而乐出乎其时。今也，某材不足以任剧，而又多病，不敢自蔽，而数以闻执事矣。而阁下必欲使之察一道之吏，而寄之以刑狱之事②，非所谓因其材力之所宜也。某亲老矣，有上气③之疾日久。比年加之风眩④，势不可以去左右。阁下必欲使之奔走跋涉，不常乎亲之侧，非所谓因其形势之所安也。伏惟阁下，由君子之道以相天下，故某得布其私焉。

----

　　①曾参政：即曾公亮，字仲明，宋晋江（今福建泉州）人。由进士累官吏部侍郎同中书门下平章事。喜荐引士类。　　②句谓曾力荐安石自常州移提点江东刑狱也。　　③上：升也。上气：犹言气逆也。　　④眩：惑也，乱也。风眩：犹言因风而头晕之病也。

　　论者或以为事君，使之左则左，使之右则右，害有至于死而不敢避，劳有至于病而不敢辞者，人臣之义也。某窃以为不然。上之使人也，既因其材力之所宜，形势之所安，则使之左而左，使之右而右，可也。上之使人也，不因其材力之所宜，形势之所安，上将无以报吾君，下将无以慰吾亲。然且左右惟所使，则使无义无命，而苟悦之为可也。害有至于死而不敢避者，义无所避之也。劳有至于病而不敢辞者，义无所辞之也。今天下之吏，其材可以备一道之使，而无不可为之势，其志又欲得此以有为者，盖不可胜数。则某之事，非所谓不可辞之地，而不可避之时也。

论者又以为人臣之事其君，与人子之事其亲，其势不可得而兼也。其材不足以任事，而势不可以去亲之左右，则致为臣而养可也。某又窃以为不然。古之民也，有常产①矣，然而事亲者，犹将轻其志，重其禄，所以为养。今也仕则有常禄，而居则无常产，而特将轻去其所以为养，非所谓为人子事亲之义也。

----

①常产：恒产也。古时行井田之法，民各有田。

且某之材，固不足以任使事矣，然尚有可任者，在吾君与吾相处之而已尔。固不可以去亲之左右矣，然任岂有不便于养者乎？在吾君与吾相处之而已尔。然以某之贱，未尝得比于门墙之侧①，而慨然以鄙朴之辞，自通于阁下之前，欲得其所求，自常人观之，宜其终龃龉而无所合也。自君子观之，由君子之道以相天下，则宜不为远近易虑，而不以亲疏改施，如天之无不焘②，而施之各以其命之所宜，如地之无不载，而生之各以其性之所有。彼常人之心，区区好忮③而自私，不恕己以及物者，岂足以量之邪？伏惟阁下垂听而念焉。使天下士无复思古之君子，而乐出乎阁下之时。而又使常人之观阁下者，不能量也。岂非君子所愿而乐者乎？冒黩威尊，不任惶恐之至。

----

①未尝得比于门墙之侧：谓不得比于弟子之列也。　②焘：与"帱"同，普覆照也。　③忮（zhì）：嫉妒也。

答段缝书

　　段君足下①：某在京师时，尝为足下道曾巩善属文②，未尝及其为人也。还江南，始熟而慕焉，友之。又作文粗道其行。惠书以所闻诋巩行无纤完③，其居家亲友惴畏焉，怪某无文字规④巩，见谓有党。果哉足下之言也！巩固不然。巩文学论议，在某交游中，不见可敌。其心勇于适道，殆不可以刑祸、利禄动也。父在困厄中，左右就养无亏行。家事铢发⑤以上皆亲之。父亦爱之甚，尝曰："吾宗敝，所赖者此儿耳。"此某之所见也，若足下所闻，非某之所见也。

----

　　①足下：书翰中称人之敬词。战国时多以称人主。　②善属文：善作文也。　③无纤完：犹言"无丝毫完好之处"也。④规：正人之过也。　⑤铢发：小之至也。

　　巩在京师，避兄而舍①，此虽某亦罪之也，宜足下深攻之也，于罪之中，有足矜②者，顾不可以书传也。事固有迹，然而情不至是者，如不循其情而诛焉，则谁不可诛邪？巩之迹固然邪？然巩为人弟，于此不得无过。但在京师时，未深接之。还江南，又既往不可咎，未尝以此规之也。巩果

于从事少许可③，时时出于中道。此则还江南时，尝规之
矣。巩闻之辄瞿然④。巩固有以教某也。其作《怀友》书两
通，一自藏，一纳某家，皇皇焉求相切劘⑤，以免于悔者略
见矣。尝谓友朋过差，未可以绝，固且规之。规之从则已，
固且为文字自著见，然后已邪？则未尝也。

----

①舍：居处也。　　②矜：哀怜也。　　③少许可：谓有独
立的见解，很少随声附和他人的意见。　　④瞿然：惊貌。
⑤劘（mó）：犹言磋磨。

凡巩之行，如前之云，其既往之过，亦如前之云而已，
岂不得为贤者哉？天下愚者众而贤者希，愚者固忌贤者，贤
者又自守，不与愚者合，愚者加怨焉。挟忌怨之心，则无之
焉而不谤。君子之过于听者，又传而广之，故贤者常多谤。
其困于下者尤甚。势不足以动俗，名实未加于民，愚者易以
谤，谤易以传也。凡道巩之云云者，固忌、固怨、固过于听
者也。足下乃欲引忌者、怨者、过于听者之言，县断①贤者
之是非，甚不然也。

----

①县：同"悬"。县断：谓事未目睹，但凭臆料而遥断之
也。

孔子曰："众好之，必察焉；众恶之，必察焉。"孟子

曰："国人皆曰可杀，未可也，见可杀焉，然后杀之。"匡章，通国以为不孝，孟子独礼貌之。孔、孟所以为孔、孟者，为其善自守，不惑于众人也。如惑于众人，亦众人耳，乌在其为孔、孟也？足下姑自重，毋轻议巩。

答钱公辅学士书

比蒙以铭文①见属，足下于世为闻人，力足以得显者铭父母，以属于不腆之文，似其意非苟然，故辄为之而不辞。不图乃犹未副所欲，欲有所增损。鄙文自有意义，不可改也，宜以见还，而求能如足下意者为之耳。

----

①铭文：谓墓志铭也。

家庙以今法准之，恐足下未得立也。足下虽多闻，要与识者讲之。

如得甲科①，为通判②，通判之署，有池台竹林之胜，此何足以为太夫人之荣，而必欲书之乎？贵为天子，富有天下，苟不能行道，适足以为父母之羞。况一甲科通判？苟粗知为辞赋，虽市井小人，皆可以得之，何足道哉？何足道哉？故铭以谓闾巷之士，以为太夫人荣，明天下有识者，不以置悲欢荣辱于其心也。太夫人能异于闾巷之士，而与天下有识同，此其所以为贤而宜铭者也。

----

①甲科：谓考试中最高之科目也。唐初，明经有甲乙丙丁四

科，进士有甲乙两科。其所谓甲乙丙丁者，乃试题难易之分，非考试种类之目。后世称进士为甲科，举人为乙科，与古人甲科乙科之义殊矣。　　②通判：官名。宋初欲削藩镇之权，命朝臣通判府州军事，与知府知州共治政事，后遂为例。

至于诸孙，亦不足列，孰有五子而无七孙者乎？七孙业之有可道，固不宜略。若皆儿童，贤不肖未可知，列之于义何当也？诸不具道，计足下当与有识者讲之。南去愈远，君子惟顺爱自重。

答李资深书

　　某启：辱书，勤勤教我以义命之说，此乃足下忠爱于故旧，不忍捐弃①，而欲诱之以善也。不敢忘！不敢忘！虽然，天下之变故多矣，而古之君子，辞受取舍之方不一。彼皆内得于己，有以待物，而非有待乎物者也。非有待乎物，故其迹时若可疑；有以待物，故其心未尝有悔也。若是者，岂以夫世之毁誉者概其心哉？若某者，不足以望此。然私有志焉，顾非与足下久相从而熟讲之，不足以尽也。多病无聊②，未知何时得复晤语。书不能一一，千万自爱。

----

　　①捐弃：舍弃也。　　②无聊：愁闷之义。

与马运判书

　　运判阁下：比奉书，即蒙宠答，以感以怍。且承访以所闻，何阁下逮下①之周也！

　　尝以谓方今之所以穷空，不独费出之无节②，又失所以生财之道故也。富其家者，资③之国；富其国者，资之天下；欲富天下，则资之天地。盖为家者，不为其子生财，有父之严而子富焉，则何求而不得。今阖门而与其子市，而门之外莫入焉，虽尽得子之财，犹不富也。盖近世之言利虽善矣，皆有国者资天下之术耳，直相市于门之内而已。此其所以困与？在阁下之明，宜已尽知，当患不得为耳。不得为，则尚何赖于不肖者之言耶？

　　今岁东南饥馑如此，汴水又绝，其经画固劳心。私窃度之，京师兵食宜窘，新刍④百谷之价亦必踊，以谓宜料畿兵之驽怯者⑤，就食诸郡，可以舒漕挽⑥之急。古人论天下之兵，以为犹人之血脉，不及则枯，聚则疽。分使就食，亦血脉流通之势也。倘可上闻行之否？

------

　　①逮下：犹言对待下属。　　②节：分际也。无节：犹言"无度"。　　③资：取给。　　④刍：饲牲之草。　　⑤料：

计也。畿兵：屯驻于京师之兵也。　　⑥漕挽：犹言"漕运"
也。

答曾公立书

　　某启：示及青苗①事，治道之兴，邪人不利，一兴异论，群聋和之，意不在于法也。孟子所言利者，为利吾国，利吾身耳。至狗彘食人食则检之，野有饿莩则发之②，是所谓政事。政事所以理财，理财乃所谓义也。一部《周礼》，理财居其半，周公岂为利哉？奸人者，因名实之近，而欲乱之，以眩上下。其如民心之愿何？始以为不请，而请者不可遏；终以为不纳，而纳者不可却。盖因民之所利而利之，不得不然也。

----

　　①青苗：宋神宗二年，王安石创青苗法。官预出钱以贷民，纳时加息二分，正月散而夏敛，五月散而秋敛。亦名青苗钱。
　　②莩（piǎo）：同"殍"。饿莩：饿死之人也。发：谓出仓廪中之米以赈民也。

　　然二分不及一分，一分不及不利而贷之，贷之，不若与之。然不与之而必至于二分者，何也？为其来日之不可继也。不可继，则是惠而不知为政，非惠而不费之道也，故必贷。然而有官吏之俸，辇运之费，水旱之逋，鼠雀之耗，而必欲广之，以待其饥不足而直与之也，则无二分之息，可乎？则二分者，亦常平之中正也。岂可易哉？公立更与深于道者论之，则某之所论，无一字不合于法，而世之诐诐①者，不足言也。因书示及，以为如何？

----

①诐诐：众声喧哗也。

答司马谏议书

某启：昨日蒙教，窃以为与君实①游处相好之日久，而议事每不合②，所操之术多异故也。虽欲强聒③，终必不蒙见察，故略上报，不复一一自辨。重念蒙君实视遇厚，于反覆不宜卤莽，故今具道所以，冀君实或见恕也。

----

①君实：司马光之字也。宋夏县（今山西夏县）人，宝元进士。　　②议事每不合：司马光始终以为王安石新法不可行。③聒（guō）：语杂声嚣也。

盖儒者所争，尤在于名实。名实已明，而天下之理得矣。今君实所以见教者，以侵官①、生事、征利、拒谏，以致天下怨谤也。某则以谓，受命于人主，议法度而修之于朝廷，以受之于有司，不为侵官；举先王之政，以兴利除弊，不为生事；为天下理财，不为征利；辟邪说，难壬人，不为拒谏。

至于怨诽之多，则固前知其如此也。

----

①侵官：谓侵犯他人之职守也。

人习于苟且非一日，士大夫多以不恤①国事，同俗自媚于众为善。上乃欲变此，而某不量敌之众寡，欲出力助上以抗之，则众何为而不汹汹然。盘庚之迁②，胥怨者民也，非特朝廷士大夫而已。盘庚不为怨者故改其度。度义而后动，是而不见可悔故也。

----

①恤：忧也。　②盘庚：祖丁之子。《尚书》谓盘庚五迁，将迁亳，殷民胥怨，作《盘庚》三篇。

如君实责以在位久，未能助上大有为，以膏泽斯民，则某知罪矣。如曰今日当一切不事事，守前所为而已，则非某之所敢知。无由会晤，不任区区向往之至。

答韶州张殿丞①书

　　某启：伏蒙再赐书，示及先君韶州之政，为吏民称诵，至今不绝。伤今之士大夫不尽知，又恐史官不能记载，以次前世良吏之后。此皆不肖之孤，言行不足信于天下，不能推扬先人之功绪余烈，使人人得闻知之。所以夙夜愁痛，疚心疾首，而不敢息者，以此也。

------

①韶州：地名，治今广东韶关市西南。张殿丞：名师锡，开封襄邑人。

　　先人之存，某尚少，不得备闻为政之迹。然尝侍左右，尚能记诵教诲之余。盖先君所存，尝欲大润泽于天下。一物枯槁，以为身羞。大者既不得试，已试乃其小者耳。小者又将泯没而无传，则不肖之孤，罪大衅①厚矣，尚何以自立于天地之间耶？阁下勤勤恻恻，以不传为念，非夫仁人君子乐道人之善，安能以及此！

------

①衅：罪也。

自三代之时，国各有史，而当时之史，多世其家，往往以身死职①，不负其意。盖其所传，皆可考据。后既无诸侯之史，而近世非尊爵盛位，虽雄奇俊烈，道德满衍②，不幸不为朝廷所称，辄不得见于史。而执笔者又杂出一时之贵人，观其在廷论议之时，人人得讲其然不③，尚或以忠为邪，以异为同，诛当前而不栗，讪在后而不羞，苟以餍其忿好之心而止耳。而况阴挟翰墨，以裁前人之善恶，疑可以贷褒，似可以附毁，往者不能讼④当否，生者不得论曲直，赏罚谤誉又不施其间，以彼其私，独安能无欺于冥昧之间邪？善既不尽传，而传者又不可尽信如此。唯能言之君子，有大公至正之道，名实足以信后世者，耳目所遇，一以言载之，则遂以不朽于无穷耳。

----

①以身死职：如春秋时齐崔杼弑庄公，太史书之，为崔所杀；其弟又书，又杀之。 ②满衍：充满盈衍也。 ③不：同"否"。 ④讼：争辩曲直也。

伏惟阁下于先人，非有一日之雅①，余论所及，无党私之嫌。苟以发潜德为己事，务推所闻，告世之能言而足信者，使得论次以传焉。则先君之不得列于史官，岂有恨哉？

----

①雅：平素也。

代人作上凌屯田①书

俞跗②，疾翳③之良者也。其足之所经，耳目之所接，有人于此，狼疾焉而不治，则必焰然④以为己病也。虽人也，不以病俞跗焉则少矣⑤。隐而虞⑥俞跗之心，其族姻、旧故有狼疾焉，则何如也。末如之何，其已；未有可以治焉而忽者也。

- -

①凌屯田：名策，字子奇，宣州泾（今安徽泾县）人。由广南西路转运使，进为屯田员外郎。　②俞跗：黄帝时人。③翳：同“医”。　④焰然：意不自满也。　⑤句谓人未有不望俞跗之治其病者也。　⑥虞：度也。

今有人于此，弱而孤，壮而屯蹶困塞。先大父弃馆舍①于前，而先人从之。两世之枢，窭②而不能葬也。尝观传记，至《春秋》过时而不葬，与子思③所论未葬不变服，则戚然不知涕之流落也。窃悲夫古之孝子、慈孙，严亲之终，如此其甚也。今也乃独以窭故，犯《春秋》之义，拂④子思之说，郁其为子孙之心而不得伸，犹人之狼疾也，奚有间哉？

①弃馆舍：谓死后捐弃一切也。《史记》："今幸奉阳君捐馆舍。"今称人死为"弃馆舍"本此。　②窭（jù）：贫不能为礼之谓也。　③子思：孔子之孙，名伋。受学于曾子，独传孔门心法，作《中庸》，后世称为述圣。　④拂：逆也。

伏惟执事性仁而躬义，悯艰而悼厄，穷人之俞跗也，而又有先人一日之雅，某之疾庶几可以治焉者也。是敢不谋于龟①，不介于人，跋千里之途，犯不测之川，而造执事之门，自以为得所归也。执事其忽之欤？

①古灼龟甲以卜。不谋于龟：犹言不谋之于卜也。

与参政王禹玉书

某启：继蒙赐临①，传喻圣训，徬徨踧踖②，无所容措。

---

①赐临：犹降临也。　　②踧踖（cù jí）：恭敬不安貌。

某羁孤①无助，遭值大圣，独排众毁，付以宰事②。苟利于国，岂辞糜殒③？顾自念行不足以悦众，而怨怒实积于亲贵之尤；智不足以知人，而险诐常出于交游之厚。且据势重而任事久，有盈满之忧；意气衰而精力弊，有旷失之惧。历观前世大臣，如此而不知自弛④，乃能终不累国者，盖未有也。此某所以不敢逃逋慢之诛，欲及罪戾⑤未积，得优游里闾，为圣时知止不殆之臣。庶几天下后世，于上拔擢任使，无所讥议。

---

①羁：寄寓也。羁孤：犹言如旅客之孤独也。　　②宰事：宰天下之事也。　　③糜殒：糜身殒命也。　　④弛：本意放松弓弦也。自弛：犹言自卸仔肩也。　　⑤罪戾：罪恶也。

伏惟明公方佐佑大政，上为朝廷公论，下及僚友私计，

谓宜少垂念虑，特赐敷陈①。某既不获通章表，所恃在明公一言而已。心之精微，书不能传，惟加悯察，幸甚！不宣。

------

①特赐敷陈：犹言特为代奏也。

答陈枢书

　　某启：伏蒙不遗不肖，而身辱先之，示之文章，使得窥究其所蕴①。又取某所以应见问者，序而存之，以宠其行。足下之赐过矣，不敢当也。

----

①蕴：藏也。

　　某懦陋浅薄，学未成而仕。其言行往往背戾①于圣人之道。摈而后复者，非一事也。自度尚不足与庸人为师，况如足下之材良俊明，安能一有所补邪？虽然，足下过听，所序而存者，或非某所闻于师友之本指也，则义不得默而已。

----

①背戾：违背也。

　　庄生之书①，其通性命之分，而不以死生、祸福累其心，此其近圣人也。自非明智不能及此。明智矣，读圣人之说，亦足以及此。不足以及此，而陷溺于周之说，则其为乱大矣。墨翟非亢然诋圣人而立其说于世，盖学圣人之道而失之耳。虽周亦然。韩氏②作《读墨》，而又谓子夏之后，流而为庄周，则庄、墨皆学圣人而失其源者也。

----

①庄生之书：谓《庄子》也。　　②韩氏：谓韩愈也。

老、庄之书具在，其说未尝及神仙，唯葛洪①为二人作传以为仙。而足下谓老、庄潜心于神仙，疑非老、庄之实，故尝为足下道此。老、庄虽不及神仙，而其说亦不皆合于经，盖有志于道者。

----

①葛洪：字稚川，晋句容（今江苏句容）人。著有《抱朴子》，言神仙非虚妄，人能服气养神，制炼丹药，可得仙道。

圣人之说，博大而闳深，要当不遗余力以求之，是二书虽欲读，抑有所不暇。某之所闻如此，其离合于道，惟足下自择之。

虞部郎中赠卫尉卿李公神道碑

公姓李氏，故陇西①人。七世祖讳某，始迁于光山②。五世祖讳某，以其郡人王闽③，从之，始为建安④人。曾祖讳某〔祖讳某〕⑤，皆不仕。考讳某，尝仕江南李氏⑥，稍显矣。江南国除，又举进士，中等，以殿中丞致仕。有学行，名能知人。赠⑦其父大理评事，而己亦以子贵，赠至吏部尚书。游豫章⑧，乐其湖山，曰：“吾必终于此。”于是又始为豫章人。尚书之子，伯曰虚己⑨，官至尚书工部侍郎，以材能闻天下。其季则公也。

----

①陇西：秦置陇西郡，治狄道，即今甘肃临洮县。宋置陇西县，即今甘肃陇西县。　②光山：今河南光山县，宋时属光州。　③闽：地当今福建省。　④建安：今福建建瓯市。按《宋史·李虚己传》云，五世祖盈自光州从王潮徙闽，遂家建安。　⑤祖讳某：据吴至父云，“曾祖讳某”下，正宗本有“祖讳某”三字，各本皆脱，应校补。　⑥江南李氏：谓南唐也。　⑦赠：以己官追封先人也。又历代赐给诰敕，生前曰封，身后曰赠。　⑧豫章：今江西南昌。　⑨虚己：字公受。

公讳某，字公济。少笃学，读书兼昼夜不息。一以进士举，不中，即以兄荫为郊社斋郎。再选福州闽清①、洪州靖安②县尉。有能名，迁饶州余干③县令。至于毁淫祠，取其材以为孔子庙，率县人之秀者兴于学。豪宗大姓，敛手不敢犯法。州将部使者奏乞与京官，移之剧县，不报，而坐不觉狱卒杀人以免。当是时，侍郎方以分司就第④。公曰："吾兄老矣，我得朝夕从之游，以洒扫先人庐冢，尚何求而仕？"遂止，不复言仕。侍郎之卒也，天子以公试秘书省校书郎，知江州德安县⑤事。辞不就。后尝一至京师。大臣交口劝说，欲官之，终以其不可强也，而晏元献公⑥为公请，乃除太子洗马致仕。

----

①福州闽清：今福建闽清县。　　②洪州靖安：今江西靖安县。　　③饶州余干：今江西余干县。　　④就第：归第也。⑤江州德安县，今江西德安县。　　⑥晏元献公：名殊，字同叔，抚州临川人，虚己婿。

初尚书未老，弃其官以归。至侍郎及公之退也，亦皆未老。自尚书至公，再世皆有子，而皆以严治其家如吏治。江西士大夫慕其世德，称其家法。盖近世士多外自藩饰①为声名，而内实罕能治其家。及老，往往顾利冒耻②，不知休息。公独父子兄弟能如此。呜呼！其可谓贤于人也已！公事亲孝，比遭大丧，庐墓六年然后已。事兄与其寡姊，衣食药物，必躬亲之。及公老矣，二子就养，如公之为子弟也。

①藩饰：犹掩饰也。　　②冒耻：不知耻也。

宽尝为江浙等路提点铸钱坑冶，又尝提点江南西路刑狱。定亦再为洪州①官，不去左右者十二年。皆以才能，为世闻。人以恩，迁公官至尚书虞部郎中，阶至朝奉郎②，勋至护军。以嘉祐四年七月某甲子，卒于豫章之第室，年八十九。夫人长寿县君赵氏，先公卒八年，既葬矣。五年某月某甲子，以公葬于夫人之墓左，曰雷冈，在新建县③之桃花乡新里。夫人故衢州④人，某官湘⑤之女。湘有文行，尚书与为友，故为公娶其女。子三人：宽、定、实。实守秘书省正字，早世。于公之葬也，宽为尚书司勋员外郎，定为尚书康部员外郎。女子二人，已嫁。孙二十有一人。曾孙十有五人，皆率公教，无违者。公既葬，而二子以恩赠公卫尉卿云。铭曰：

①洪州：治今江西南昌。　　②阶至朝奉郎：一本作"阶户部侍郎"。　　③新建县：今江西新建县。　　④衢州：治今浙江衢州。　　⑤湘：赵湘也，字叔灵，衢州人。

李世大家，陇西其先。于唐之季，再世光山。移遁于闽，岭海之间。乃生尚书，节行有伟。始来江南，考室章水①。绳绳②二子，隐显兼荣。孰多厚禄？其季维卿。幼壮躬孝，唯君之践。能不尽用，止于一县。退以德义，釐身于家。外内肃雍③，人不疵嗟。亦有二子，维天子使。父曰"往矣，致而臣身"。子曰"归哉，以宁吾亲"。以率其妇，左右恂恂④。以官就侍，天子之仁。既具祉福，考终大耄⑤。追荣于幽，乃赐卿号。伐石西山，作为螭龟⑥，营之墓上，勒⑦此铭诗。

----

①考室：成室也。章水：即古豫章水，亦名南江，为江西赣江之西源。　②绳绳：不绝貌。　③肃雍：敬而和也。④恂恂：和悦貌。　⑤耄：八十九十曰耄。　⑥螭龟：所以负碑者。螭，亦龙属。　⑦勒：刻也。

广西转运使孙君墓碑

君少学问勤苦，寄食浮屠山中，步行借书数百里，升楼诵之而去其阶①，盖数年而具众经，后遂博极天下之书。属文，操笔布纸，谓为方思，而数百千言已就②。以天圣③五年同学究出身④，补滁州来安县⑤主簿、洪州右司理。再举进士甲科，迁大理寺丞，知常州晋陵县，移知浔州⑥。浔当是时，人未趋学⑦。乃改作庙学，召吏民子弟之秀者，亲为据案讲说，诱劝以文艺。居未几，旁州士皆来学，学者由此遂多。以选，通判耀州⑧。兵士有讼财而不直者，安抚使以为直，君争之不得，乃奏决于大理⑨。大理以君所争为是，而用君议编于敕。庆历⑩二年，擢为监察御史里行。于是弹奏狄武襄公⑪。不当沮败刘沪水洛城事⑫。又因日食言阴盛，以后宫为戒。仁宗大猎于城南，卫士不及整而归以夜。明日，将复出，有雉陨于殿中。君奏疏，即是夜有诏止猎。蛮唐和⑬寇湖南，以君安抚，奏事有所不合，因自劾，乃知复州⑭。又通判金州⑮，知汉阳军吉州⑯，稍迁至尚书都官员外郎，提点江南西路刑狱。有言常平⑰岁凶，当稍贵其粟。以利籴本者。诏从之。君言此非常平本意也。诏又从之。

①阶：梯也。　　②就：成也。　　③天圣：宋仁宗年号。
④同学究出身：宋制，殿试贡士，有学究一科。学究有出身，属
吏部。　　⑤滁州来安县：今亦名为来安县，属安徽。　　⑥浔
州：治今广西桂林。　　⑦趋学：向学也。　　⑧耀州：治今陕
西铜川耀州区。　　⑨大理：掌刑之官。　　⑩庆历：宋仁宗年
号。　　⑪狄武襄公：名青，字汉臣，西河人。平侬智高有大
功。　　⑫刘沪水洛城事：郑戬为陕西四路都总管，遣刘沪、董
士廉，城水洛以通秦渭援兵。时尹洙为泾原路经略部署，以为前
此屡困于贼者，正由城砦多而兵势分也。今又益城，不可。奏罢
之。时戬已解四路，而奏沪等督役如故。洙不平，遣人再召沪，
不至。命张忠往代之，又不受。于是谕狄青械沪、士廉下吏。戬
论奏不已，卒徙洙庆州而城水洛。　　⑬唐和：桂阳监蛮猺，后
降，补为峒主。　　⑭复州：治今湖北仙桃。　　⑮金州：治今
甘肃榆中。　　⑯汉阳军：今湖北武汉汉阳。　　⑰吉州：治今
江西吉安。　　⑱常平：即常平仓，其法始于汉宣帝时，谷贱时
增价而籴，贵时减价而粜。唐置常平署令掌仓粮、管钥、出纳籴
粜。

　　侬智高反，君即出兵二千于岭，以助英、韶①。会除广
西转运使，驰至所部，而智高方煽，天子出大臣，部诸将兵
数万击之。君驱散亡残败之吏民，转刍米于惶扰卒急之间；
又以余力，督守吏治城堙，修器械。属州多完，而师饱以有
功，君劳居多。以劳迁尚书司封员外郎。初，君请斩大将之
北者，发骑军以讨贼。及后贼所以破灭，皆如君计策。军罢

而人重困，方恃君绥抚。君乘险阻，冒瘴毒，经理出入，启居无时，以皇祐三年三月初七日卒于治所，年五十四，官至尚书工部郎中，散官至朝奉郎，勋至上骑都尉。

----

①英：治今广东英德。韶：治今广东韶关。

君所为州，整齐其大体，阔略其细故。与宾客谈说，弦歌饮酒，往往终日。而能听用佐属尽其力，事以不废。在御史言事，计曲直利害如何，不顾望大臣，以此无助。所为文，自少及终，以类集之，至百卷。天德、地业、人事之治，掇拾贯穿，无所不言，而诗为多。

君讳抗，字和叔，姓孙氏，得姓于卫①，得望于富春②。其在黟县③，自君之高祖，弃广陵以避孙儒之乱④。而至君曾大父讳师睦，善治生以致富。岁饥，贱出米谷，以斗升付籴者，得欢心于乡里。大父讳旦，始尽弃其产，而能招士以教子。父讳遂良，当终时，君始十余岁。后以君故赠尚书职方员外郎。君初娶张氏，又娶吴氏，又娶舒氏，封太康县君。五男子：适、邈、迪、适、遭。适尝从余游，年十四，论议著书，足以惊人，终永州⑤军事推官。邈今潞州上党县⑥令，亦好学能文。状君行以求铭者，邈也。君之卒也，天子以适试秘书省校书郎。二女子：一嫁太庙斋郎⑦李简夫，一嫁进士郑安平。君以其卒之年十二月二十五日，葬黟县怀远乡上林村。

----

①得姓于卫：按《唐书·宰相世系表》谓孙氏出自姬姓，卫康叔八世孙武公和生公子惠孙，惠孙生耳，为卫上卿，食采于戚，生武伸乙，以王父字为氏。　　②得望于富春：富春，今为浙江富阳市。按郑樵《通志》谓孙氏妫姓，齐陈桓子无宇之后，桓子曾孙武，以齐之田、鲍四族谋为乱，奔吴为将。武之子明，食邑于富春，自是世为富春人。据此则为妫姓之孙，而非姬姓之孙矣。　　③黟县：今安徽黟县。　　④广陵：今江苏扬州江都区。孙儒：唐僖宗文德元年，孙儒破扬州，自为淮南节度使，后为杨行密所败死。　　⑤永州：治今湖南宁远。　　⑥潞州上党：山西长治市，旧属冀宁道。　　⑦太庙斋郎：一本作"秘书省校书郎"。

歙①之为州在山岭涧谷崎岖之中。自去五代之乱百年，名士大夫，亦往往而出，然不能多也。黟尤僻陋，中州能人贤士之所罕至。君孤童子，徒步宦学，终以就立，为朝廷显用。论次终始，作为铭诗，岂特以显孙氏而慰其子孙，乃亦以诒其乡里。铭曰：

----

①歙：治今安徽歙县。

在仁宗世，蛮跳不制。馈师牧民，实有肤使①。践艰乘危，条变画奇。瘴毒②既除，膏熨以治。方迁既陨，哀暨山夷。维此肤使，文优以仕。禄则不殖，其书满笥。书藏于家，铭在墓前，以告黔人，孙氏之阡。

----

①肤：大也。　　②瘴毒：犹言疮毒。

亡兄王常甫墓志铭

先生七岁好学，毅然不苟戏笑，读书二十年。当庆历中，天子以书赐州县，大置学。先生学完行高，江淮间州争欲以为师。所留，辄以《诗》《书》《礼》《易》《春秋》授弟子。慕闻来者，往往千余里。磨砻淬濯①，成就其器，不可胜数。而先生始以进士下科补宣州②司户。至三月，转运使以监江宁府盐院。又三月卒。又七月葬，则卒之明年四月也，实皇祐四年。墓在先君东南五步。先君姓王氏，讳益，官世行治既有铭。先生其长子，讳安仁，字常甫。年三十七。生两女。

----

①磨砻淬濯：谓既磨练之，又洗濯之也。　②宣州：治今安徽宣州。

呜呼！先生之道德，蓄于身而施于家，不博见于天下。文章名于世，特以应世之须尔。大志所欲论著，盖未出也。而世之工言能使不朽者，又知先生莫能深。呜呼！先生之所存，其卒于无传耶？

始先生常以为功与名不足怀，盖亦有命焉。君子之学，尽其性而已。然则先生之无传，盖不憾也。虽然，先生孝友最隆，委百世之重①而无所属以传，有母有弟，方壮而夺之，使不得相处以久，先生尚有知，其无穷忧矣。呜呼！以往而推存，痛其有已邪？痛其有已邪？先生有文十五卷，其弟既次②以藏其家，又次行治藏于墓。呜呼！酷矣！极矣！铭止矣！其能使先生传邪？

----

①委百世之重：谓委之以百世之重任也。　　②次：次第之也。

泰州海陵县^①主簿许君墓志铭

君讳平，字秉之，姓许氏。余尝谱其世家，所谓今泰州海陵县主簿者也。君既与兄元^②相友爱称天下，而自少卓荦不羁，善辨说，与其兄俱以智略为当世大人所器。宝元时，朝廷开方略之选，以招天下异能之士，而陕西大帅范文正公^③、郑文肃公^④，争以君所为书以荐。于是得召试为太庙斋郎，已而选泰州海陵县主簿。贵人多荐君有大才，可试以事，不宜弃之州县。君亦常慨然自许，欲有所为。然终不得一用其智能以卒。噫！其可哀也已！

----

①泰州海陵县：江苏姜堰市，旧属淮扬道。　②元：字子春。庆历中，擢江淮制置发运判官。在江淮十三年，以聚敛刻剥为能，多聚珍奇，急于进取，以赂遗京师权贵。迁郎中，历知扬、越、泰州。　③范文正公：名仲淹，字希文，苏州吴县（今苏州吴江市）人，为宋名臣。　④郑文肃公：名戬，字天休，苏州吴中区人。

士固有离世异俗，独行其意，骂讥，笑侮，困辱而不悔。彼皆无众人之求，而有所待于后世者也，其龃龉固宜。

若夫智谋功名之士，窥时俯仰，以赴势物之会而辄不遇者，乃亦不可胜数。辩足以移万物，而穷于用说之时；谋足以夺三军，而辱于右武①之国：此又何说哉？嗟乎！彼有所待而不悔者，其知之矣。

----

①右武：尚武也。

君年五十九。以嘉祐某年某月某甲子，葬真州之扬子县①甘露乡某所之原。夫人李氏。子男瑰，不仕；璋，真州②司户参军。琦，太庙斋郎；琳，进士。女子五人。已嫁二人：进士周奉先，泰州泰兴县③令陶舜元。铭曰：有拔而起之，莫挤而止之。呜呼许君！而已于斯，谁或使之？

----

①扬子县：今江苏仪征。　　②真州：今江苏仪征。
③泰兴：今江苏泰兴。

兵部员外郎马君墓志铭

　　马君讳遵，字仲涂，世家饶州之乐平①。举进士，自礼部至于廷，书其等皆第一。守秘书省校书郎，知洪州之奉新县②，移知康州③。当是时，天子更置大臣，欲有所为，求才能之士，以察诸路。而君自大理寺丞除太子中允，福建路④转运判官。以忧⑤不赴。忧除⑥，知开封县⑦，为江淮、荆湖、两浙⑧制置发运判官。于是君为太常博士。朝廷方尊宠其使事，以监六路，乃以君为监察御史，又以为殿中侍御史，遂为副使。已而还之台⑨，以为言事御史。至则弹宰相之为不法者⑩。宰相用此罢，而君亦以此出知宣州。至宣州一日，移京东路⑪转运使。又还台为右司谏，知谏院，又为尚书礼部员外郎，兼侍御史，知杂事，同判流内铨。数言时政，多听用。

----

①饶州之乐平：江西乐平市，旧属浔阳道。　　②洪州之奉新：江西奉新县，旧属浔阳道。　　③康州：治今广东高要市。④福建路：地当今福建省。　　⑤忧：居丧曰忧。　　⑥忧除：除丧服也。　　⑦开封县：今河南开封市。　　⑧江淮：今江苏、安徽江淮两水间之地。荆湖：地当今湖北、湖南。两浙：谓

浙东、浙西之地。　　⑨台：台官也。宋制，台官专主纠劾官邪，与谏院之掌从规谏者各分职守。　　⑩弹宰相之为不法者：谓遵与吕景初、吴中复奏弹梁适与刘宗孟连姻，宗孟与冀州富人共商贩。下开封府劾治，不实，皆坐贬。　　⑪京东路：宋置其地东至海；西抵汴，南极淮泗，北薄于河。仁宗又分京东为东西两路。

始君读书，即以文辞辩丽称天下。及出仕，所至号为办治。论议条畅，人反覆之而不能穷。平居颓然，若与人无所谐。及遇事有所建，则必得其所守。开封常以权豪请托不可治。客至有所请，君辄善遇之，无所拒。客退，视其事，一断以法。居久之，人知君之不可以私属也，县遂无事。及为谏官御史，又能如此。于是士大夫叹曰："马君之智，盖能时其柔刚以有为也。"

嘉祐二年，君以疾求罢职以出，至五六，乃以为尚书吏部员外郎，直龙图阁，犹不许其出。某月某甲子，君卒，年四十七。天子以其子某官某为某官，又官其兄子持国某官。夫人某县君郑氏。以某年某月某甲子，葬君信州之弋阳县①归仁乡里沙之原。

----

①信州之弋阳县：今江西弋阳县。

君故与予善。予常爱其智略，以为今士大夫多不能如。

惜其不得尽用，亦其不幸早世，不终于贵富也。然世方惩尚贤、任智之弊，而操成法以一天下之士，则君虽寿考且终于贵富，其所畜亦岂能尽用哉？呜呼！可悲也已！

既葬，夫人与其家人谋，而使持国来以请曰："愿有纪也，使君为死而不朽。"乃为之论次而系之以辞曰：

归以才能兮，又予以时。投之远途兮，使骤而驰。前无御者兮，后有推之。忽税不驾兮，其然奚为？哀哀茕①妇兮，孰慰其思。墓门有石兮，书以余辞。

----

①茕：单独无依也。

临川王君墓志铭

孔子论天子、诸侯、卿大夫、士庶人之孝，固有等矣。至其以事亲为始而能竭吾才，则自圣人至于士，其可以无憾焉一也。

余叔父讳师锡，字某。少孤。则致孝于其母，忧悲愉乐，不主于己，以其母而已。学于他州，凡被服、饮食、玩好之物，苟可以惬吾母而力能有之者，皆聚以归，虽甚劳窘，终不废。丰其母，以及其昆弟、姑、姊妹，不敢爱其力之所能得；约其身，以及其妻子，不敢慊①其意之所欲为。其外行，则自乡党、邻里及其尝所与游之人，莫不得其欢心。其不幸而蚤死也，则莫不为之悲伤叹息。夫其所以事亲能如此，虽有不至，其亦可以无憾矣。

----

①慊：心有不足也。

自庠序聘举之法坏，而国论不及乎闺门之隐，士之务本者，尝诎于浮华浅薄之材。故余叔父之卒，年三十七，数以进士试于有司，而犹不得禄赐，以宽一日之养焉。而世之论士也，以苟难为贤，而余叔父之孝，又未有以过古之中制也，以故世之称其行者亦少焉。盖以叔父自为，则由外至者，吾无意于其间可也。自君子之在势者观之，使为善者不得职而无以成名，则中材何以勉焉？悲夫！

叔父娶朱氏。子男一人，某，女子一人，皆尚幼。其葬也，以至和四年，祔于真州某县某乡铜山①之原，皇考谏议公之兆。为铭。铭曰：

----

①铜山：在今江苏仪征西北。

天孰为之？穷孰为之？为吾能为，已矣无悲。

王深甫墓志铭

吾友深父，书足以致其言，言足以遂其志。志欲以圣人之道为己任，盖非至于命弗止也。故不为小廉、曲谨，以投①众人耳目，而取舍、进退、去就，必度于仁义。世皆称其学问文章行治。然真知其人者不多，而多见谓迂阔，不足趣时合变。嗟乎！是乃所以为深父也。令深父而有以合乎彼，则必无以同乎此矣。尝独以谓天之生夫人也。殆将以寿考成其材，使有待而后显，以施泽于天下。或者诱其言，以明先王之道，觉后世之民。呜呼！孰以为道不任于天，德不酬于人，而今死矣？甚哉！圣人君子之难知也！以孟轲之圣，而弟子所愿，止于管仲、晏婴②，况余人乎？至于扬雄③，尤当世之所贱简。其为门人者，一侯芭④而已。芭称雄书以为胜《周易》。《易》不可胜也，芭尚不为知雄者。而人皆曰，古之人生无所遇合，至其没久而后世莫不知。若轲、雄者，其殁皆过千岁，读其书，知其意者甚少。则后世所谓知者，未必真也。夫此两人以老而终，幸能著书，书具在，然尚如此。嗟乎深父！其智虽能知轲，其于为雄，虽几可以无悔。然其志未就，其书未具，而既早死，岂特无所遇于今，又将无所传于后。天之生夫人也，而命之如此，盖非余所能知也。

----

①投：合也。　　②以孟轲之圣，而弟子所愿，止于管仲、晏婴：意本《孟子》：公孙丑问曰："夫子当路于齐，管仲晏子之功，可复许乎？"　　③扬雄：汉成都人，字子云。为人好古乐道，不慕荣利，独以文章名世。所著有《太玄》《法言》《方言》等书。　　④侯芭：汉巨鹿人，常从扬雄居，受其《太玄》《法言》。

深父讳回，本河南王氏。其后自光州之固始①迁福州之侯官②，为侯官人者三世。曾祖讳某，某官。祖讳某，某官。考讳某，尚书兵部员外郎。兵部葬颍州之汝阴③，故今为汝阴人。深父尝以进士补亳州卫真县④主簿，岁余自免去。有劝之仕者，辄辞以养母。其卒以治平⑤二年七月二十八日，年四十三。于是朝廷用荐者，以为某军节度推官，知陈州南顿县⑥事。书下而深父死矣。夫人曾氏，先若干日卒。子男一人，某，女二人，皆尚幼。诸弟以某年某月某日，葬深父某县某乡某里，以曾氏祔。铭曰：

----

①固始：今河南固始。　　②侯官：今福建闽侯。　　③颍州汝阴：今安徽阜阳。　　④亳州卫真县：今河南鹿邑。　　⑤治平：宋英宗年号。　　⑥陈州南顿县：故城在今河南项城北。

　　呜呼深父！维德之仔肩①，以迪徂武。厥艰荒遐，力必践取。莫吾知庸，亦莫吾侮。神则尚反，归形此土。

----

①仔肩：犹言责任。

葛兴祖墓志铭

许州长社县①主簿葛君，讳良嗣，字兴祖。其先处州之丽水②人，而兴祖之父徙居明州之鄞③，兴祖葬其父润州之丹徒④，故今又为丹徒人矣。曾大父讳遇，不仕。大父讳盰，赠尚书都官郎中。父讳源，以尚书度支郎中终仁宗时。度支君三子，当天圣、景祐⑤之间，以文有声，赫然进士中。先人尝受其挚⑥，阅之终篇，而屡叹葛氏之多子也。既而三子者，伯仲皆蚤死，独其季在，即兴祖。

----

①许州长社县：今河南长葛。　　②处州之丽水：今浙江丽水。　　③明州之鄞：今浙江宁波鄞州区。　　④润州之丹徒：今江苏镇江。　　⑤天圣景祐：皆宋仁宗年号。　　⑥挚：通"贽"。

兴祖博知多能，数举进士，角①出其上。而刻励修洁，笃于亲友，慨然欲有所为，以效于世者也。年四十余，始以进士出仕州县。余十年，而卒穷于无所遇以死。

----

①角：棱也。

嗟乎！命不可控引，而才之难恃以自见，盖久矣。然兴祖于仕未尝苟，闻人疾苦，欲去之如在己。其临视虽细故，人不以属耳目者，必皆致其心。论者多怪之，曰："兴祖且老矣，弊于州县而服勤如此。"余曰："是乃吾所欲于兴祖。夫大仕之则奋，小仕之则怠忽以不治，非知德者也。"兴祖闻之，以余之言为然。

兴祖娶胡氏，又娶郑氏。其卒年五十三，实治平二年三月辛巳。其葬以胡氏祔，在丹徒之长乐乡显扬村，即其年十一月某甲子也。兴祖三男子：蘩、蕴皆有文学。蘩，许州临颍县①主簿。蕴，邓州穰县②主簿。苹，尚幼也。四女子，皆未嫁云。铭曰：

----

①许州临颍县：今河南临颍县。　　②邓州穰县：今河南邓州。

蹇①于仕以为人尤，不慭②施以年，孰主？孰谋？无大憾于德，又将何求？

----

①蹇：艰难也。　　②慭（yìn）：愿。

秘阁校理丁君墓志铭

朝奉郎、尚书司封员外郎、充秘阁校理、新差通判永州军州、兼管内劝农事、上轻车都尉、赐绯鱼袋晋陵丁君卒，临川王某曰："噫！吾僚也，方吾少时，辅我以仁义者。"乃发哭吊其孤，祭焉而许以铭。越三月，君婿以状①至，乃叙铭赴其葬。

----

①状：即行状，述死者生平行事之文也。裴松之《三国志》曾引先贤行状，则行状当始于魏晋间，但其例未详。唐制三品以上荐亡，故吏录其行状申尚书省考功校勘，下太常博士议谥法。近世则多子孙叙述其先人之德业，以为征求铭诔之用，亦称行述。

叙曰：君讳宝臣，字元珍。少与其兄宗臣，皆以文行称乡里，号为"二丁"。景祐中，皆以进士起家。君为峡州①军事判官，与庐陵欧阳公②游，相好也。又为淮南节度掌书记。或诬富人以博，州将，贵人也，猜而专，吏莫敢议。君独力争正其狱。又为杭州观察判官。用举者，兼州学教授。又用举者，迁太子中允，知越州剡县③。盖其始至，流大姓一人，而县遂治。卒除弊兴利甚众，人至今言之。于是再迁为太常博士，移知端州④。侬智高反，攻至其治所。君出战，能有所捕斩，然卒不胜，乃与其州人皆去而避之，坐免一官，徙黄州⑤。会恩，除太常丞，监湖州⑥酒。又以大臣有解举者，迁博士，就差知越州诸暨县⑦。其治诸暨如剡，越人滋⑧以君为循吏也。英宗即位，以尚书屯田员外郎、编校秘阁书籍，遂为校理、同知太常礼院。

----

①峡州：治今湖北宜昌。　　②庐陵欧阳公：即欧阳修，字永叔。宋仁宗时为谏官。晚自号亦一居士，以文章冠天下。③越州剡县：今浙江嵊县。　　④端州：今广东高要。　　⑤黄州：治今湖北黄冈。　　⑥湖州：治今浙江湖州。　　⑦越州诸暨县：今浙江诸暨。　　⑧滋：益也。

君质直自守，接上下以恕。虽贫困，未尝言利。于朋友故旧，无所不尽。故其不幸废退，则人莫不怜；少进也，则皆为之喜。居无何，御史论君尝废矣，不当复用，遂出通判永州。世皆以咎言者，谓为不宜。夫驱未尝教之卒，临不可守之城，以战虎狼百倍之贼，议今之法则，独可守死尔；论古之道，则有不去以死，有去之以生。吏方操法以责士，则君之流离穷困，几至老死，尚以得罪于言者，亦其理也。

君以治平三年，待阙于常州①，于是再迁尚书司封员外郎，以四年四月四日卒，年五十八。有文集四十卷。明年二月二十九日，葬于武进县怀德北乡郭庄之原。君曾祖讳耀，祖讳谅，皆不仕。考讳柬之，赠尚书工部侍郎。夫人饶氏，封晋陵县君，前死。子男隅，太庙斋郎。除、隋为进士。其季恩儿尚幼。女嫁秘书省著作佐郎、集贤校理、同县胡宗愈。其季未嫁。嫁胡氏者亦又死矣。铭曰：

----

①常州：今江苏常州武进区。

文于辞为达，行于德为充，道于古为可，命于今为穷。呜呼已矣！卜此新宫。

处士征君墓表

淮之南，有善士三人，皆居于真州之扬子①：杜君者，寓于医②，无贫富贵贱，请之辄往。与之财，非义，辄谢而不受。时时穷空，几不能以自存，而未尝有不足之色。盖善言性命之理，而其心旷然无累于物。而予尝与之语，久之而不厌也。

----

①真州之扬子：今江苏仪征。　　②寓：寄托也。寓于医：犹言寄托于医。

徐君，忠信笃实，遇人至谨，虽疾病，召筮①，不正衣巾不见。寓于筮，日得百数十钱则止，不更筮也。能为诗，亦好属文，有集若干卷。

----

①筮：以蓍草占休咎之术也。

两人者，以医、筮故，多为贤士大夫所知，而征君独不闻于世。征君者，讳某，字某，事其母夫人至孝。居乡里，恂恂恭谨，乐振①人之穷急，而未尝与人校曲直。好蓄书，能为诗。有子五人，而教其三人为进士：某今为某官，某今为某官，某亦再贡于乡。征君与两人者相为友，至欢而莫逆①也。两人者，皆先征君以死，而征君以某年某月某甲子终于家，年七十七。

----

①振：救也。 　 ②莫逆：同心相契也。本《庄子》"相视而笑，莫逆于心"句。

噫！古者一乡之善士，必有以贵于一乡；一国之善士，必有以贵于一国。此道亡也久矣！余独私爱夫三人者，而乐为好事者道之，而征君之子又以请，于是书以遗之，使之镵诸墓上。杜君讳婴，字太和。徐君讳仲坚，字某。

给事中孔公墓志铭

宋故朝请大夫、给事中、知郓州军州事、兼管内河堤劝农同群牧使、上护军、鲁郡开国侯、食邑一千六百户、实封二百户、赐紫金鱼袋孔公者，尚书工部侍郎、赠尚书吏部侍郎讳勖之子，兖州曲阜①县令、袭封文宣公、赠兵部尚书讳仁玉之孙，兖州泗水县②主簿讳光嗣之曾孙，而孔子之四十五世孙也。

----

①兖州曲阜：山东曲阜，旧属济宁道。　　②兖州泗水县：今山东泗水县。

其仕当今天子天圣、宝元之间，以刚毅谅直名闻天下。尝知谏院矣，上书请明肃太后①归政天子，而廷奏枢密使曹利用②、上御药罗崇勋③罪状。当是时，崇勋操权利，与士大夫为市；而利用悍强不逊，内外惮之。尝为御史中丞矣，皇后郭氏废，引谏官、御史伏阁以争④，又求见上，皆不许，而固争之，得罪然后已。盖公事君之大节如此。此其所以名闻天下，而上大夫多以公不终于大位，为天下惜者也。

----

①明肃太后：宋真宗后刘氏。　　②曹利用：字用之，赵州宁晋人。章献后临朝，中贵戚轩轾为祸福。凡内降恩，利用力持不与，左右多怨，为内侍所构，贬房州安置，自经死。　　③罗崇勋：太监。得罪太后，使利用戒饬之。利用去其冠帻，诟斥良久，崇勋由是恨之。　　④引谏官御史伏阁以争：道辅率谏官孙祖德、范仲淹、宋郊、刘涣、御史蒋堂、郭劝、杨偕、马绛、段少连十人，请垂拱殿伏奏，皇后天下之母，不当轻议绌废，愿赐对尽所言。宰相吕夷简言伏阁请对，非太平美事，于是黜道辅知泰州。

公讳道辅，字厚济①。初以进士释谒②，补宁州③军事推官。年少耳，然断狱议事，已能使老吏悍惊，遂迁大理寺丞，知兖州仙源县④事，又有能名。其后尝直史馆，待制龙图阁，判三司理欠凭由司，登闻检院，吏部流内铨，纠察在京刑狱，知许、徐、兖、郓、泰⑤五州，留守南京⑥。而兖、郓、御史中丞皆再至。所至官治，数以争职不阿，或绌或迁。而公持一节以终身，盖未尝自绌也。

----

①厚济：按《宋史》字原鲁，初名延鲁。　　②释褐：旧制，殿试后，所进士诣太学释谒，行释菜礼，簪花饮酒而出。谓释贱者之服而服官服也。　　③宁州：治今甘肃宁县。　　④兖州仙源县：今山东曲阜。　　⑤许：州名，治今河南许昌。徐：州名，治今江苏铜山县。兖：州名，今山东兖州市。郓：州名，

治今山东东平。泰：州名，治今江苏泰州。　　⑥南京：宋之南京应天府，治今河南商丘。

其在兖州也，近臣有献诗百篇者，执政请除龙图阁直学士。上曰："是诗虽多，不如孔道辅一言。"乃以公为龙图阁直学士。于是人度公为上所思，且不久于外矣。未几，果复召以为中丞。而宰相使人说公，稍折节以待迁，公乃告以不能，于是又度公且不得久居中，而公果出。

初，开封府吏冯士元坐狱，语连大臣数人，故移其狱御史。御史劾士元罪，止于杖，又多更赦。公见上，上固怪士元以小吏与大臣交私，污朝廷，而所坐如此；而执政又以谓公为大臣道地①，故出知郓州。

----

①公为大臣道地：道辅受诏鞠冯士元狱，事连参知政事程琳。宰相张士逊素恶琳，而疾道辅不附己，将逐之。察帝有不悦琳意，即谓道辅，上顾程公厚，今为小人所诬，见上为辨之。道辅入对，言琳罪薄不足深治。帝果怒，以道辅朋党大臣，出知郓州。

公以宝元二年如郓，道得疾，以十二月壬申，卒于滑州之韦城驿①，享年五十四。其后诏追郭皇后位号②，而近臣有为上言公明肃太后时事者，上亦记公平生所为，故特赠公尚书工部侍郎。公夫人金城郡君尚氏，尚书都官员外郎讳宾之女。生二男子，曰淘，今为尚书屯田员外郎，曰宗翰，今为太常博士：皆有行治世其家，累赠公金紫光禄大夫、尚书兵部侍郎，而以嘉祐七年十月壬寅，葬公孔子墓之西南百步。

-----

①滑州之韦城驿：在今河南滑县东南。　②诏追郭皇后位号：后于景祐元年出居瑶华宫，赐号金庭教主、冲静元师，后帝颇念之，尝密令召入。不数日病死，上深悼之，追复皇后。

公廉于财，乐振施。遇故人子，恩厚尤笃。而尤不好鬼神机祥事。在宁州，道士治真武①像，有蛇穿其前，数出近人，人传以为神。州将欲视验以闻，故率其属往拜之，而蛇果出。公即举笏击蛇杀之。自州将以下皆大惊，已而又皆大服。公由此始知名。然余观公数处朝廷大议，视祸福无所择，其智勇有过人者，胜一蛇之妖，何足道哉？世多以此称公者，故余亦不得而略也。铭曰：

-----

①真武：即玄武，北方之神。

展①也孔公，维志之求。行有险夷，不改其辀②。权强所忌，谗谄所仇。考终厥位，宠禄优优。维皇好直，是锡公休。序行纳铭，为识诸幽。

-----

①展：诚也。　②辀：车前曲木上钩衡者。不改其辀：犹言不改其志也。

荆湖北路转运判官尚书屯田郎中
刘君墓志铭并序

治平元年五月六日，荆湖北路转运判官、尚书屯田郎中刘君，年五十四，以官卒。三年，卜十月某日，葬真州扬子县蜀冈①，而子洙以武宁章望之②状来求铭。噫！余故人也！为序而铭焉。序曰：

----

①蜀冈：在江苏江都市北四里，上有蜀井，相传地脉通蜀。
②武宁章望之：字表民，建州浦城人。武宁，今江西武宁。按章氏之先，为豫章人，武宁豫章郡属县。

君讳牧，字先之。其先杭州临安县①人。君曾大父讳彦琛，为吴越王将，有功，刺衢州，葬西安②，于是刘氏又为西安人。当太宗时，尝求诸有功于吴越者录其后，而君大父讳仁祚，辞以疾。及君父讳知礼，又不仕，而乡人称为君子。后以君故，赠官至尚书职方郎中。

----

①杭州临安县：今浙江临安。　　②西安：宋衢州治西安，即今浙江衢州。

　　君少则明敏，年十六，求举进士不中，曰："有司岂枉我哉？"乃多买书，闭户治之。及再举，遂为举首，起家饶州军事推官。与州将争公事，为所挤，几不免。及后将范文正公至，君大喜曰："此吾师也。"遂以为师。文正公亦数称君，勉以学。君论议仁恕，急人之穷，于财物无所顾计，凡以慕文正公故也。弋阳富人为客所诬，将抵死，君得实以告。文正公未甚信，然以君故，使吏杂治之。居数日，富人得不死。文正公由此愈知君，任以事。岁终，将举京官，君以让其同官有亲而老者。文正公为叹息许之，曰："吾不可以不成君之善。"及文正公安抚河东，乃始举君可治剧，于是君为兖州观察推官。又学《春秋》于孙复①，与石介②为友。州旱蝗，奏便宜十余事。其一事，请通登、莱③盐商。至今以为赖，改大理寺丞，知大名府馆陶县④。中贵人随契丹⑤使，往来多扰县，君视遇有理，人吏以无所苦。先是多盗，君用其党推逐，有发辄得，后遂无为盗者。诏集强壮刺其手为义勇，多惶怖，不知所为，欲走。君谕以诏意，为言利害，皆就刺，欣然曰："刘君不吾欺也。"留守称其能，虽府事往往咨君计策。用举者通判广信军⑥，以亲老不行，通判建州⑦。当是时，今河阳宰相富公，以枢密副使使河北，奏君掌机宜文字。保州兵士为乱⑧，富公请君抚视。君自长垣⑨乘驿至其城下，以三日，会富公罢出，君乃之建州。方并属县诸里，均其徭役，人大喜，而遭职方君丧以去。通判青州⑩，又以母夫人丧罢。又通判庐州⑪。朝廷弛茶榷，以君使江西，议均其税，盖期年而后反。客曰："平生闻君敏而敢为，今濡滞若此，何故也？"君笑曰："是固君之所能易也，而我则不能。且是役也，朝廷岂以为它，亦曰爱人而已。今不深知其利害，而苟简以成之，君虽以吾为敏，而人必有不胜其弊者。"及奏事皆听，人果便之。除广南西路转运判官。于是修险厄，募丁壮，以灭戍卒，徙仓便输，考摄官功次，绝其行赇⑫。居二年，凡利害无所不兴废，乃移荆湖北路。至逾月卒。家贫无以为丧，自棺椁诸物，皆荆南士人为具。

----

①孙复：宋平阳人，字明复。居泰山，以《春秋》教授。②石介：宋兖州人，字守道。笃学有志向，乐善疾恶，鲁人称为徂徕先生。　③登：登州，治今山东蓬莱。莱：莱州，治今山东莱州。　④馆陶县：地即今山东之馆陶县也。　⑤契丹：国名，东胡种。其先轲比能为魏所杀，众遂微，保潢水之南黄龙之北。至后魏时号契丹。及宋，屡为中国边患。后改国号曰辽，为金所灭。　⑥广信军：即威勇军，今河北徐水县西。⑦建州：治今福建建瓯市。　⑧保州兵士为乱：按《宋史》，仁宗时，保州云翼军杀州吏，据城叛。保州，治今河北清苑县。⑨长垣：今河南长垣县。　⑩青州：治今山东青州市。　⑪庐州：治今安徽合肥。　⑫赇（qiú）：贿赂。

　　君娶江氏，生五男二女。男曰洙、沂、汶为进士。洙以君故，试将作监主簿。余尚幼。初君为范富二公所知，一时士大夫争誉其才，君亦慨然自以当得意。已而迍邅①流落，抑没于庸人之中。几老矣，乃稍出为世用。若将有以为也，而既死。此爱君者所为恨惜。然士之赫赫为世所愿者可睹矣。以君始终得丧相除，亦何彼负之有哉？铭曰：

---

①迍邅（zhūn zhān）：难行不进貌。

　　嗟乎刘君！宜寿而显。何畜之久，而施之浅？虽或止之，亦或使之。惟其有命，故止于斯。

广西转运使苏君墓志铭

庆历五年，河北都转运使、龙图阁直学士信都①欧阳修，以言事切直，为权贵人所怒，因其孤甥女子有狱，诬以奸利事。天子使三司户部判官、太常博士武功②苏君，与中贵人③杂治。当是时，权贵人连内外诸怨恶修者，为恶言，欲倾修锐甚。天下汹汹④，必修不能自脱。苏君卒白上曰："修无罪，言者诬之耳。"于是权贵人大怒，诬君以不直，绌使为殿中丞泰州监税。然天子遂寤，言者不得意，而修等皆无恙。苏君以此名闻天下。嗟乎！以忠为不忠，而诛不当于有罪，人主之大戒。然古之陷此者相随属，以有左右之谗，而无如苏君之救，是以卒至于败亡而不寤。然则苏君一动，其功于天下，岂小也哉？

----

①信都：汉郡名，今河北冀州西北有信都故城。按欧阳氏之先有居冀州者，故云。　　②武功：今陕西武功。　　③中贵人：谓王昭明也。　　④汹汹：众喧也。

苏君既出逐，权贵人更用事，凡五年之间，再赦而君六徙，东西南北，水陆奔走辄万里。其心恬然，无有怨悔。遇事强果，未尝少屈。盖孔子所谓刚者，殆苏君乎。

苏君之仁与智，又有足称者。尝通判陕府①，当葛怀敏之败②，边告急，枢密使取道路戍还之卒，再戍仪、渭③。于是延州④还者千人，至陕，闻再戍，大怨，即谨聚谋为变。吏白闭城，城中无一人敢出。君徐以一骑出卒间，谕慰止之，而以便宜还使者。戍卒喜曰："微苏君，吾不得生。"陕人亦曰："微苏君，吾其掠死矣。"有令刺陕西之民以为兵，敢亡者死。既而亡者得，有司治之以死，君辄纵去，而言上曰："令民以死者，为事不集也。事集矣，而亡者犹不赦，恐其众相聚而为盗。惟朝廷幸哀怜愚民，使得自反。"天子以君言为然，而三十州之亡者皆不死。其后知坊州⑤，州税赋之无归者，里正代为之输，岁弊大家数十。君悉钩治，使归其主。坊人不忧为里正，自苏君始也。

----

①陕：陕州也。治今河南陕县。府：府州也，治今陕西府谷县。　　②葛怀敏之败：葛怀敏，真定人。陕西用兵，葛为泾原路兼招讨经略安抚副使。庆历二年，元昊寇镇戎军。怀敏入保定川砦。敌毁板桥，断其归路。怀敏至长城濠，路已断，敌周围之，遂与诸将皆遇害。　　③仪：仪州也，治今甘肃华亭县。渭：渭州，治今甘肃平凉县。　　④延州：治今陕西延安。⑤坊州：治今陕西黄陵县。

苏君讳安世，字梦得。其先武功人。后徙蜀。蜀亡，归家于京师。今为开封人也。曾大考讳进之，率府副率。大考讳继，殿直。考讳咸熙，赠都官郎中。君以进士起家三十二年。其卒年五十九。为广西转运使，而官止于屯田员外郎者，以君十五年不求磨勘①也。君娶南阳②郭氏，又娶清河③张氏，为清河县君。子四人：台文，永州推官；祥文，太庙斋郎；炳文，试将作监主簿；彦文，未仕。女子五人：适进士会稽④江梣、单州鱼台⑤县尉江山⑥赵扬，三人尚幼。君既卒之三年，嘉祐二年十月庚午，其子葬君扬州之江都东兴宁乡马坊村，而太常博士、知常州军州事临川王某为铭曰：

----

①磨勘：犹考绩也。唐制，郊祀行庆，止进勋阶。五代肆赦，例迁官秩。宋因而变其制，定三年磨勘进秩之法。　　②南阳：今河南南阳。　　③清河：今河北清河。　　④会稽：今浙江绍兴。　　⑤单州鱼台：山东鱼台县，旧属济宁道。　　⑥江山：今浙江江山市。

皇有四极①，周绥以福。使维苏君，奠我南服。亢亢②苏君，不圆其方，不晦其明，君子之刚。其枉在人，我得吾直。谁怼谁愠，只天之役③。日月有邸，其下冥冥。昭君无穷，安石之铭。

----

①四极，《尔雅》：东至于泰远，西至于邠国，南至于濮铅，北至于祝栗，谓之四极。　　②亢亢：无所卑屈之貌。③只天之役：犹言任天而行也。

胡君墓志铭

　　王某之治鄞三月，其故人胡舜元，凶服立于门。揖入，问吊故，则丧其父五月。留而馆，意独怪其来之早也。居数月，语吾弟曰："吾释父之殡，跋山浮江，从子之兄于海旁，愿有谒①也久矣，不敢以言。吾亲之生，我学于四方，不得所欲以养。今已不幸卒也，得子之兄，志而铭之，藏之墓中，可以显于今世以传于后，虽吾小人与荣焉，无悔焉。不知子之兄可不可。"吾弟以告。

----

①谒：请也。

　　予叹曰："审如是，可以为孝。君子固成人之孝，而吾与之又旧，其何顾而辞？"即取吾所素知者为之志而铭之。

　　志曰：

　　君讳某，池之铜陵①人。生于丁丑，兴国②之年也。卒于丁亥，是为庆历七年，子七人。某以十月葬君于谷垂山。胡氏世大家，阖门数百人。君有子舜元，独招里先生教之为士。其卒也，族分而赀衰，舜元为善士。铭曰：

----

①池之铜陵：安徽铜陵，旧属芜湖道。　　②兴国：即太平兴国，宋太宗年号。

寿七十一，不为不多。吾与之铭，千古不磨。

宝文阁待制常公墓表

右正言、宝文阁待制、特赠右谏议大夫、汝阴①常公，以熙宁十年二月己酉卒，以五月壬申葬。临川王某志其墓曰：

----

①汝阴：今安徽阜阳市。

公学不期言也，正其行而已；行不期闻也，信①其义而已。所不取也，可使贪者矜焉，而非雕斵以为廉；所不为也，可使弱者立焉，而非矫抗以为勇。官之而不事，召之而不赴，或曰必退者也，终此而已矣。及为今天子所礼，则出而应焉。于是天子悦其至，虚己而问焉，使莅谏职，以观其迪②己也；使董学政，以观其造士也。公所言乎上者无传，然皆知其忠而不阿；所施乎下者无助，然皆见其正而不苟。

诗曰："胡不万年！"惜乎既病而归死也！自周道③隐，观学者所取舍，大抵时所好也。违俗而适己，独行而特起，呜呼！公贤远矣！传载公久，莫如以石。石可磨也，亦可泐④也。谓公且朽，不可得也。

----

①信：同"伸"。　　②迪：启也。　　③周道：大道也。
④泐（lè）：石因其脉理而裂开。

金溪吴君墓志铭

　　君和易罕言，外如其中，言未尝极人过失。至论前世善恶，其国家存亡、治乱、成败所繇①，甚可听也。尝所读书甚众，尤好古而学其辞。其辞又能尽其议论。年四十三，四以进士试于有司，而卒困于无所就。其葬也，以皇祐六年某月日，葬抚州②之金溪县归德乡石廪之原，在其舍南五里。当是时，君母夫人既老，而子世隆世范皆尚幼。三女子，其一卒，其二未嫁云。

- -

　　①繇：同"由"。　　②抚州：治今江西抚州临川区。

　　呜呼！以君之有，与夫世之贵富而名闻天下者计焉，其独慊①彼耶？然而不得禄以行其意，以祭以养，以遗其子孙以卒，此其士友之所以悲也。夫学者，将以尽其性。尽性而命可知也。知命矣，于君之不得意，其又何悲耶？铭曰：

　　蕃君名，字彦弼，氏吴其先自姬出②。以儒起家世冕黻，独成之难幽以折。厥铭维甥订君实。

- -

　　①慊（qiàn）：憾，恨。　　②出先自姬出：秦伯始封于吴，其后因以为氏。

曾公夫人万年太君黄氏墓志铭

夫人江宁黄氏，兼侍御史、知永安场①讳某之子，南丰②曾氏赠尚书水部员外郎讳某之妇，赠谏议大夫讳某之妻。凡受县君封者四：萧山、江夏、遂昌、洛阳③。受县太君封者二：会稽、万年④。男子四，女子三。以庆历四年某月日，卒于抚州。寿九十有二。明年某月，葬于南丰之某地。

----

①永安场：据《宋史》惠州河源县有永安锡场。按河源属广东旧潮循道。　②南丰：今江西南丰县。　③萧山：今浙江萧山。江夏：今湖北武汉江夏区。遂昌：今浙江遂昌县。　④万年：今陕西长安县。

夫人十四岁无母，事永安府君至孝，修家事有法。二十三岁归曾氏。不及舅水部府君之养。以事永安之孝，事姑陈留①县君，以治父母之家治夫家。事姑之党，称其所以事姑之礼。事夫与夫之党，若严上然。视子慈，视子之党若子然。每自戒不处白人善否。有问之。曰："顺为正，妇道也。吾勤此而已。处白人善否，靡靡然为聪明，非妇人宜也。"以此为女与妇，其传而至于没，与为女妇时弗差也。

故内外亲无老幼疏近，无智不能，尊者皆爱，辈者皆附，卑者皆慕之。为女妇在其前者，多自叹不及。后来者皆曰可矜法也。其言色在视听，则皆得所欲。其离别，则涕洟不能舍。有疾皆忧。及丧来吊哭，皆哀有余。於戏！夫人之德如是，是宜有铭者。铭曰：

----

①陈留：今河南开封东南。

女子之德，煦愉愉愉①，教隳弗行，妇妾乘夫，趋为亢厉，励之颛愚②。猗嗟夫人，惟德之经！媚于族姻，柔色淑声。其究女初，不倾不盈。谁疑不信，来监于铭。

----

①愉愉：和悦之貌。　　②颛愚：愚之至也。

仙居县太君魏氏墓志铭

临川王某曰：俗之坏久矣。自学士大夫，多不能终其节，况女子乎？当是时，仙居县①太君魏氏，抱数岁之孤，专屋而闲居，躬为桑麻以取衣食。穷苦困厄久矣，而无变志。卒就其子以能有家，受封于朝，而为里贤母。呜呼！其可铭也。于其葬，为序而铭焉。序曰：

---

①仙居县：今浙江仙居县。

魏氏，其先江宁人。太君之曾祖讳某，光禄寺卿。祖讳某，池州①刺史。考讳某，太子谕德，皆江南李氏时也。李氏国除，而谕德易名居中，退居于常州。以太君为贤，而选所嫁，得江阴②沈君讳某，曰："此可以与吾女矣。"于是时，太君年十九，归沈氏。归十年，生两子，而沈君以进士甲科，为广德军判官以卒。太君亲以《诗》《论语》《孝经》教两子。两子就外学，时数岁耳，则已能诵此三经矣。其后子回为进士；子遵为殿中丞，知连州③军州。而太君年六十有四，以终于州之正寝，时皇祐二年六月庚辰也。嘉祐二年十二月庚申，两子葬太君江阴申港④之西怀仁里。于是

遵为太常博士，通判建州⑤军州事，而沈君赠官至太常博士。铭曰：

----

①池州：治今安徽池州。　　②江阴：今江苏江阴。　　③连州：治今广东连州。　　④申港：在江阴西。　　⑤建州：治今福建建瓯县。

山朝于跻①，其下维谷。缵我博士，夫人之淑。其淑维何？博士其家：二子翼翼，萼跗其华②；诜诜③诸孙，其实其葩④。孰云其昌？其始萌芽。皇有显报，曰维在后。硕大蕃衍，刲⑤牲以告。视铭考施，夫人之效。

----

①跻：同"隮"，登也。　　②萼跗其华，意本《诗》："棠棣之华，鄂不韡韡"句。鄂，同"萼"，花瓣外之承瓣者。不，同"跗"，花之子房也。华，光明也。此处喻兄弟竞美也。③诜诜：众多和集之貌。　　④葩：华也。　　⑤刲（kuī）：割也。

郑公夫人李氏墓志铭

　　尚书祠部郎中、赠户部侍郎安陆①郑氏讳纾之夫人、追封汝南郡太君李氏者，尚书驾部郎中、赠卫尉卿文蔚之子也，光州仙居②县令、赠工部员外郎讳岵之孙。以祥符九年嫁，至天圣九年，年三十二，以八月壬辰卒于其夫为安州应城县③主簿之时。后三十七年，为熙宁元年八月庚申，祔于其夫安陆太平乡进贤里之墓。于是夫人两子：獬，为秘书丞，知潭州攸县④，獬，为翰林学士、尚书兵部员外郎，知制诰。一女子，嫁郊社斋郎张蒙山。

----

　　①安陆：今湖北钟祥。　　②光州仙居：河南光山县，旧属汝阳道。　　③安州应城县：湖北应城，旧属江汉道。　　④潭州攸县：今湖南攸县。

　　夫人敏于德，详于礼。事皇姑称孝。内谐外附，上下裕如。郑公大姓，尝以其富，主四方之游士，至侍郎则始贫而专于学。夫人又故富家尽其资以助宾祭补纫澣濯，饎爨①朝夕，人有不任其劳苦，夫人欢终日，如未尝贫。故侍郎亦以自安于困约之时，如未尝富。郑氏盖将日显矣。而夫人不及其显禄，呜呼！良可悲也！于其葬，临川人王某为铭曰：

----

①饎（chì）：炊黍稷。爨（cuàn）：烧火做饭。

于嗟夫人！归孔昭兮！窈其为德，婉有仪兮。命运如何，壮则萎兮。烝烝①令子，悲慕思兮。有严葬祔，祭配祇兮。告哀无穷，铭此诗兮。

----

①烝烝：兴作之貌。

祭范颍州①文

　　呜呼我公，一世之师！由初迄终，名节无疵。明肃之盛②，身危志殖③。瑶华失位④，又随以斥。

------

①范颍州：即范文正公，知青州时，病甚，请颍州，未至而卒。　②明肃之盛：谓宋仁宗初年，庄献明肃刘太后听政，仲淹劝明肃尽母道。明肃死，惟劝仁宗尽子道。　③殖：立也。④瑶华失位：谓宋仁宗郭皇后废，出居瑶华宫，仲淹率谏官御史服阙争，不能得，贬知睦州。

　　治功亟闻，尹帝之都①。闭奸兴良，稚子歌呼。赫赫之家，万首俯趋。独绳其私，以走江湖②。

------

①尹帝之都：谓范仲淹知开封府时也。　②独绳其私以走江湖：谓时相吕夷简引用多私，仲淹上百官图，指其若此为序选，若此为不次，由是忤夷简意，罢知饶州。余靖上书救之，尹洙为讼冤，愿同贬，欧阳修移书责高若讷不谏。三人皆同贬。

　　士争留公，蹈祸不栗。有危其辞，谒与俱出。风俗之衰，骇正怡邪。蹇蹇我初，人以疑嗟。力行不回，慕者兴起。儒先酋酋①，以节相侈。

---

①酋酋：雄也。

公之在贬，愈勇为忠。稽前引古，谊不营躬。外更三州①，施有余泽。如酾河江，以灌寻尺。宿赃自解，不以刑加。滑盗涵仁，终老无邪。讲艺弦歌，慕来千里。沟、川、障、泽，田桑有喜。

---

①三州：谓饶州、润州、越州也。

戎孽狾①狂，敢齮②我疆。铸印刻符，公屏一方。取将于伍，后常名显。收士至佐，维邦之彦。声之所加，虏不敢濒③。以其余威，走敌完邻。昔也始至，疮痍④满道。药之养之，内外完好。既其无为，饮酒笑歌。百城晏眠，吏士委蛇⑤。

---

①狾（zhì）：狂犬也。　②齮（yǐ）：咬也，谓伤害之也。　③濒：姚姜坞谓"濒"当作"嚬"，姚姬传谓"濒"是虏之不敢近边意。　④疮痍：皮肤因伤而开裂也。　⑤委蛇（yí）：从容自得貌。

上嘉曰材，以副枢密。稽首辞让，至于六七。遂参宰相，釐我典常。扶贤赞杰，乱穴①除荒。官更于朝，士变于乡。百治具修，偷堕②勉强。

----

①乱穴：姚姜坞云"穴"疑当作"宂"。乱：治也。　②堕：同"堕"。

彼阏①不遂，归侍帝侧。卒屏于外，身屯道塞。谓宜耇老②，尚有以为。神乎孰忍，使至于斯！盖公之才，犹不尽试。肆其经纶，功孰与计？

----

①阏（è）：堵塞。　②耇老：老寿也。

自公之贵，厩库逾空。和其色辞，傲讦以容。化于妇妾，不靡珠玉。翼翼公子，弊绨①恶粟。闵死怜穷，惟是之奢。孤女以嫁，男成厥家。

----

①绨：粗厚织物。

孰埋①于深？孰锲②乎厚？其传其详，以法永久。硕人③今亡，邦国之忧。矧鄙不肖，辱公知尤。承凶万里，不往而留。涕洟驰辞，以赞醪羞④。

----

①堙：填也。　　②锲：刻也。　　③硕人：犹言大人物也。　　④醪（láo）羞：酒膳也。

祭欧阳文忠公文

夫事有人力之可致，犹不可期。况乎天理之溟溟，又安可得而推？惟公生有闻于当时，死有传于后世，苟能如此足矣，而亦又何悲？

如公器质之深厚，智识之高远，而辅学术之精微，故充于文章，见于议论，豪健俊伟，怪巧瑰琦。其积于中者，浩如江河之停蓄；其发于外者，烂如日星之光辉。其清音幽韵，凄如飘风急雨之骤至。其雄辞闳辨，快如轻车骏马之奔驰。世之学者，无问乎识与不识，而读其文，则其人可知。

呜呼！自公仕宦四十年，上下往复，感世路之崎岖。虽屯邅困踬①，窜斥流离，而终不可掩者，以其公议之是非。既压复起，遂显于世，果敢之气，刚正之节，至晚而不衰。

----

①踬（zhì）：颠也。

方仁宗皇帝临朝之末年，顾念后事，谓如公者，可寄以社稷之安危。及夫发谋决策，从容指顾，立定大计，谓千载而一时。功名成就，不居而去，其出处进退，又庶乎英魄灵气，不随异物腐散，而长在乎箕山之侧与颍水之湄①。

----

①箕山：在河南登封东南。颍水：出河南登封西境颍谷。

然天下之无贤不肖，且犹为涕泣而歔欷。而况朝士大夫，平昔游从，又予心之所向慕而瞻依。

呜呼！盛衰兴废之理，自古如此，而临风想望，不能忘情者，念公之不可复见，而其谁与归？

祭丁元珍学士文

　　我初闭门，屈首书诗。一出涉世，茫无所知。援挈，覆护，免于阽①危，雕②培，浸灌，使有华滋，微吾元珍，我始弗殖。如何弃我，陨命一昔③？

----

　　①阽（diàn）：近边欲堕之意。　　②雕：同"雍"。③一昔：犹一夜。

　　以忠出恕，以信行仁，至于白首，困厄穷屯，又从挤之，使以踬死。岂伊人尤？天实为此。有磐①彼石，可志于丘。虽不属我，我其徂②求。请著君德，铭之九幽③，以驰我哀，不在醪羞。

----

　　①磐：大也。　　②徂：往也。　　③九幽：犹言九原，地下也。

祭王回深甫文

嗟嗟深甫，真弃我而先乎？孰谓深甫之壮以死，而吾可以长年乎？

维吾昔日，执子之手。归言子之所为，实受命于吾母，曰："如此人乃与为友。"吾母知子，过于予初。终子成德，多吾不如。

呜呼天乎！既伤吾母，又夺吾友。虽不即死，吾何能久！搏胸一恸，心摧志朽。泣涕为文，以荐食酒。嗟嗟深甫，子尚知否？

祭高师雄主簿文

我始寄此，与君往还，于时康定①、庆历之间。爱我勤我，急我所难。日月一世，疾于跳丸。南北几时，相见悲欢。

----

①康定：宋仁宗年号。

去岁忧除，追寻陈迹。淮水之上，冶城①之侧，握手笑语，有如一昔。屈指数日，待君归舻②。安知弥年③，乃见哭庭？

----

①冶城：在今江苏南京江宁区北。　②舻：小船有窗者。③弥年：周年也。

维君家行，可谓修饬。如其智能，亦岂多得！垂老一命，终于远域。岂惟故人，所为叹息？抚棺一奠，以告心恻。

祭曾博士易占文

呜呼！公以罪废，实以不幸。卒困以夭，亦惟其命。命与才违，人实知之。名之不幸，知者为谁？公之闾里，宗亲党友，知公之名，于实无有。呜呼公初，公志如何！孰云不谐？而厄孔多。

地大天穹①，有时而毁。星日脱败，山倾谷圮②。人居其间，万物一偏。固有穷通，世数之然。至其寿夭，尚何忧喜？要之百年，一蜕③以死。方其生时，窘若囚拘。其死以归，混合空虚。以生易死，死者不祈。惟其不见，生者之悲。

----

①穹：高也，大也。　　②圮：毁也。　　③蜕：蛇蝉所脱皮，人之脱去此身似之。

公今有子，能隆公后。惟彼生者，可无甚悼。嗟理则然，其情难忘。哭泣驰辞，往侑奠觞。

祭李省副文

　　呜呼！君谓死者，必先气索而后神零。孰谓君气足以薄云汉兮，神昭晰乎日星，而忽陨背乎，不能保百年之康宁？

　　惟君别我，往祀太乙①，笑言从容，愈于平日。既至即事，升降孔秩②。归鞍在途，不返其室。讣闻士夫，还视太息。矧我与君，情何可极！具兹醪羞，以告哀恻。

----

　　①太乙：北辰神名，宋时甚崇祀之，建东太乙、西太乙、中太乙各祠。　　②孔秩：犹言甚有秩序也。

祭周几道文

　　初我见君，皆童而帻①。意气豪悍，崩山，决泽。弱冠相视，隐忧困穷。貌则侔年，心颓如翁。俯仰悲欢，超然一世。皓发黧䵟②，分当先弊。孰知君子，赴我称孤！发封涕洟，举屋惊呼。

----

　　①帻（zé）：古代的一种头巾。　　②皓发：白发也。黧䵟（lí guó）：黄而黑之面也。

　　行与世乖，惟君缱绻①。吊祸问疾，书犹在眼。序铭于石，以报德音。设辞虽褊，义不愧心。君实爱我，祭其知歆。

----

　　①缱绻：牢固相着之意。

祭束向原道文

　　呜呼束君！其信然邪？奚仇友朋，奚怨室家？堂堂去之，我始疑嗟。惟昔见君，田子之自。我欲疾走，哭诸田氏。吾縻①不赴，田疾不知。今乃独哭，谁同我悲？

----

①縻：羁也。

　　始君求仕，士莫敢匹。洪洪其声，硕硕其实。霜落之林，豪鹰俊鹯①，万鸟避逃，直摩苍天。踬焉仅仕，后愈以困。洗藏销塞，动辄失分。如羁骏马，以驾柴车，侧身堕首，与骞②同刍。命又不祥，不能中寿。百不出一，孰知其有？

----

①鹯：鸷鸟，似鹞。　　②骞：驽马也。

　　能知君者，世孰予多？学则同游，仕则同科。出作扬官，君实其乡。倾心倒肝，迹斥形忘。君于寿①食，我饮鄞水②。岂无此朋？念不去彼。

----

①寿：今安徽寿县。　　②我饮鄞水：安石曾为浙江鄞县令。

　　既来自东，乃临君丧。闵闵阴宫①，梗野榛荒。东门之行，不几日月，孰云于今，万世之别？嗟屯怨穷，闵命不长。世人皆然，君子则亡。予其何言？君尚有知。具此酒食，以陈我悲。

----

①闵：幽也，深也。阴宫：墓也。

祭张安国检正文

　　呜呼！善之不必福，其已久矣，岂今于君，始悼叹其如此！自君丧除，知必顾予。怪久不至，岂其病欤？今也君弟，哭而来赴。天不姑释一士，以为予助，何生之艰，而死之遽①？

----

　　①遽：速也，疾也。

　　君始从我，与吾儿①游。言动视听，正而不偷②。乐于饥寒，惟道之谋。既掾③司法，议争谳④失。中书大理⑤，再为君屈。遂升宰属，能挠强倨。辨正狱讼，又常精出。岂君刑名，为独穷深？直谅明清，靡所不任。人恌⑥莫知，乃恻我心。

----

　　①吾儿：安石子雱，早死。　　②偷：苟且也。　　③掾：佐贰也。　　④谳（yàn）：平议罪狱也。　　⑤中书：谓中书省，掌进拟庶务，宣奉命令。大理：谓大理寺，掌折狱、详刑、诏谳之事。　　⑥恌（yáo）：忧惧。

　　君仁至矣，勇施而忘己。君孝至矣，孺慕以至死。能人所难，可谓君子。

　　呜呼！吾儿逝矣，君又随之。我留在世，其与几时？酒食之哀，侑以言辞。